Dreamwalker
i Atlantis

"Det handler ikke om ordene! Denne bog er portal ind i en længe glemt historie.

Vi lever i en verden, hvor bøger ofte kun tjener som en forstærkning af vores overbevisninger om virkelighedens natur og vores bevidstheds historie på denne planet. Med andre ord, vi ønsker, at det vi læser matcher vores sandhed. Sådan er det ikke for mig. I stedet er bøger portaler til en større bevidsthed, et middel til at dykke endnu dybere ind Selvet og min egen viden. 'Dreamwalker i Atlantis' gjorde det for mig. Ikke alene genfinder jeg mig i historien om Yadar, jeg befandt mig også dybt i min egen oplevelse af mine liv som en Dreamwalker i Atlantis.

For mig var denne bog ikke om ordene på papiret, det var en portal ind i livstider og en civilisation længe glemt på trods af sin dybe og urokkelig indflydelse på den verden, vi lever i dag. Og det er den bedste form for bog - en, der fungerer som en portal til dybere forståelse af, hvor vi kom fra, og hvad vi lever i dag, hvis den atlantiske drøm er af interesse for dig.

Tak for et veludført stykke arbejde, Erik Istrup! Jeg kan varmt anbefale denne bog til alle med interesse eller forbindelse mellem Atlantis og dens relation til historien om Yeshua. Du kan måske finde dig selv i dine egne atlantiske liv, huske den intense skønhed, hjertesorgen og ja, det hele."

~ Sar'h

Erik Istrup har også skrevet
"Lev livet enkelt" (2010 & 2014)
hvis engelske titel er
"Choose a simple living" (2014).

Se også serien, *The Adventures of Luzi Cane*:
The Soul of the White Dragon (2017)
Rider of the Crimson Dragon (2019)
Return of the Unicorn (2019)

Dreamwalker
i Atlantis

af Erik Istrup

Indhold

Forord

Jeg har valgt at lade den fiktive hovedperson Yadar være forfatteren, og har så vidt mulig ladet ham beskrive de forskellige steder og ting som han oplever i sine drømme og meditationer ud fra den tid, som han levede i, hvilket er omkring slutningen af den atlantiske periode for omkring 14.000 år siden, Alt, som de kaldte det på dette tidspunkt. I nogle tilfælde har jeg dog valgt at benytte de betegnelser, som vi anvender i dag, for at lette forståelsen og undgå lange udredninger. Set fra Yadars ende af fortællingen, har han uanede muligheder med hensyn til de valg, som han kan tage ud i hans fremtid. Da jeg imidlertid er den egentlige forfatter, er den oplevelseslinje, der går fra Yadars tid til min tid, allerede oplevet af en del af min sjælebevidsthed, og ligger derfor, hvad begivenheder angår, fast.

Nogle af de personer, som du vil støde på i bogen, vil have navne, som ikke passer med vore dages erfaring med, hvad der er pige- og drengenavne, men jeg har valgt at anvende de navne, som jeg har fornemmet, at personerne har.

Selv om Yadar er en fiktiv person og romanen kan læses som fiktion, har jeg brugt Yadar til at beskrive ting og oplevelser, som er hentet fra forskellige inkarnationer eller liv. Lidt forenklet kan man sige, at det er den samme sjæl, der har oplevet disse liv gennem forskellige personer. Enkelte informationer er givet af andre bevidstheder.

Nogle af de bevidstheder, der optræder som personer i Yadars fortælling, er genfødt og lever også i dag. Er du en af disse, fornemmer du måske en samhørighed, når du læser om dig selv.

Mange af livene har i stor udstrækning handlet om rejser, om bevægelse. Enten som foregangsmand for at udforske det nye, eller som diplomat for at skabe balance og harmoni i en verden, der oftest ses som kaotisk og uretfærdig. På et højere plan har det meget handlet om at række "hånden" op og sige ja, når der blev spurgt om frivillige til et stykke udviklingsarbejde.

Der nævnes et folk, Sjii, som vi kender som elver-folk, men som benævner sig selv som Sidhe.

Mens jeg arbejdede med bogen, følte jeg mig meget rørt over de begivenheder, som jeg beskrev. Ofte så meget, at jeg måtte holde inde og tørre tårerne væk eller bare sidde og gå ind i oplevelsen. Men lad os få startet på historien.

Erik Istrup

Indledning

Lad mig starte med at præsentere mig. Bagefter vil jeg fortælle dig, hvorfor du kan sidde med denne bog i hånden. Som udgangspunkt kan du kalde mig Yadar. Det kan lyde lidt kryptisk, men det skal du også snart få en forklaring på.

Jeg har ingen biologisk familie og lever alene i en lille lejlighed i tempelområdet. Jeg er tilknyttet et bestemt tempel, men arbejder også i andre, alt efter hvor min ekspertise skal bruges. Jeg har mit eget arbejdsværelse i templet, og der er tilknyttet forskellige servicefunktioner.

Du må være klar over, at bogen ikke kan blive offentlig tilgængelig, før dens indhold ikke kan føre til, at mennesker bliver gjort fortræd på grund af den viden, som den indeholder.

I dette liv er jeg blevet overbevist om, at jeg har levet tidligere, altså før jeg blev født ind i dette liv, og også vil komme til at leve igen, efter at jeg har forladt dette liv. Det er altså i dette liv, jeg kaldes Yadar, mens jeg i andre liv har andre navne og andre personligheder - ja og skiftende køn. Efter som jeg først nu har fået erindringer om, at jeg har levet tidligere, skriver jeg også i håbet om, at andre kan få øjnene op for, at det er sådan, tingene fungerer. Måske vil et fremtidigt Jeg endda kunne få glæde af bogen.

Jeg er drømmeledsager, men det er kun ét af mine mange gøremål. Jeg fortæller mere om dette senere, men kort fortalt er en drømmeledsager, en

Dreamwalker, en person, der ledsager et menneskes bevidsthed tilbage mod dets udgangspunkt, kort før, under eller efter at kroppen er død. Stedet kaldes Blomsterbroen. Herfra drager bevidstheden selv videre.

Jeg er også forsker og arbejder med alle afskygninger af energi, dimensionsforskydning og livsenergi. Som forsker består vores arbejde både i at udforske og at benytte vores viden i arbejdet med at hjælpe vores medmennesker i bredest forstand. I den tid, som jeg lever i nu, ser vi ikke så strengt på, om det er arbejde eller interesse, der optager vores tid. Vi laver som regel det, vi har lyst til og evner for, og det er naturligt, at vi deler goder og vennetjenester. Her holder vi ikke regnskab med, hvem der skylder hvem hvad, men mere, hvem der kan bruge ens aktiver og hvem der kan bidrage med det, som man selv har behov for. Jeg yder noget til én person, men modtager så selv en ydelse fra en anden. Det gælder altså mere om at holde strømmen af ydelser i gang, end at holde styr på, om jeg nu også fik nok tilbage fra den, som jeg gav noget. Mangler jeg noget, kan jeg altid finde en, der kan hjælpe mig.

I den periode, som omtales her, er vi, der er indviede, i stand til at forskyde ting en smule ud af den tredje dimension ind mod den fjerde, hvorved templer og personer bliver usynlige og ikke kan føles ved berøring af væsner i den tredje dimension. Når jeg er en af de indviede, betyder det, at jeg er blevet oplært i den dybere forståelse af vores verden og dens beboere, samt har fået kendskab til forskellige metoder til at få adgang til dybere lag af menneskehedens bevidsthed og til at bearbejde disse.

På dette tidspunkt arbejder vi ikke med begrebet Gud, som jeg forstår, fylder meget på et senere tidspunkt i planetens historie. Vi er overbeviste om, at livets kilde findes i den fysiske krop. Hvorfor skulle livsenergien være udenfor os selv, det er dog kroppen, der er i live? Derudover forsker vi også i energi i form af vibration, lyd og lys. Vi bruger i vid udstrækning krystaller i forskningen, men jeg kan forstå, ud fra mine drømmevandringer, at krystallerne efterhånden vil miste deres kraft i senere perioder. Under gudsbegrebet hører åbenbart også forståelsen af flere dimensioner end tre, hvor guddommen beboer de højeste. Jeg vil vende tilbage med disse metafysiske begreber senere. Det metafysiske begreb, altså det, der ligger ud over den fysiske verden, er først begyndt at tone frem og er kun kendt af få her i templerne.

Min beretning fra min nutid vil jeg prøve at holde kronologisk. Det er derimod særdeles vanskeligt, for ikke at sige umuligt, at sætte mine 'rejser' til andre tider op i en kronologisk rækkefølge. Selv om jeg kan fornemme en vis rækkefølge, er det som om menneskehedens bevidsthedsniveau svinger og ikke kun er stigende, frem mod en højere udvikling. Desuden er det, som om de enkelte drømme og syn er indbyrdes forbundet; ikke kun med hinanden, men også med det ,som jeg oplever, mens jeg er vågen. Jeg vil senere gå mere i detaljer omkring menneskehedens bevidsthed.

Det er underligt, at jeg i drømme har en forhåndsviden, som jeg ikke har, når jeg er vågen. Det er som om jeg hopper lige ind i et liv og kobler på

personens hukommelse af, hvad der er gået forud
og hvilke personer, der omgiver mig. Somme tider
ved jeg, at kender den person, jeg står overfor fra
min vågne tilstand, selv om personen ser anderle-
des ud, har et andet ansigt eller køn.

Arbejdet som drømmeledsager

Det er formiddag og jeg er i mit arbejdsværelse i templet. Jeg har lige været ude på altanen og placeret en mængde krystaller, så sollyset og regnen omkring middagstid vil rense dem. De vil derefter være klare til at blive brugt i mit arbejde.

Det er meget usædvanligt at have sit eget studereværelse og sit eget hjem. Det normale er, at man lever i større grupper, bor sammen, arbejder sammen og sover sammen. Det ligger ikke til folk at føle nødvendigheden af at kunne trække sig tilbage og være sig selv. Det ligger ikke i bevidstheden. Vi lever i et fællesskab og er kollektive. Vi er dog omkring 100.000 personer her i templerne, der arbejder mere eller mindre i det skjulte på at opdage vores fulde bevidsthed. Vi gør det under dække af at lede efter livsenergien, altså hvad der gør, at et væsen kan leve. Det er en individuel proces at søge sin fulde bevidsthed, men vi deler hinandens erfaringer og tester forskellige teknikker. Vi mistede desværre en dreng forleden, der arbejdede som hjælper, da han forvildede sig ind i et rum, hvor vi var i gang med at undersøge bevidsthedskanaler, blandt andet ved hjælp af krystaller.

Jeg har mange aktiviteter, som jeg bidrager med og blandt disse er som sagt drømmeledsagelse. Det er netop derfor, Janir nu melder sin ankomst via servicepersonen Cantor. Jeg kender Janir og hendes mand Jacor privat, men sandt at sige, har jeg i den senere tid været så optaget af mine gøremål, at vi ikke har haft kontakt.

"Undskyld mig. Jeg melder Janirs ankomst. Hun ønsker selv at meddele dig sit ærinde."

"Tak, Cantor. Send hende bare ind."

"Kæreste Janir. Kom ind, kom ind."

Jeg flagrer lidt rundt og ved ligesom ikke, i hvilken rækkefølge jeg skal gøre de forskellige ting, som en vært bør gøre.

Janir smiler. Jeg fanger hendes blik og føler mig øjeblikkelig rolig og afslappet.

"Tak, Janir."

"Selv tak, du kære."

Janir smiler stadig. Hun er en ældre kvinde. Meget ældre end hendes ansigt umiddelbart fortæller. Hendes øjne kan dog ikke skjule den mangeårige visdom, hun har. Heller ikke, at hun prøver at gøre det. Hun har milde træk og udstråler både moderlighed og fasthed. Ligesom planeten, som hun altid har arbejdet sammen med. Det er måske også derfor, hun i dag har en rød kjole på, der går helt til gulvet. Den er næsten dækket af broderier i mørkerøde og brune nuancer, der får den til at ligne et topografisk kort over et ørkenområde. Så lægger jeg mærke til, at stoffet mange steder udsender små lysglimt og jeg kommer til at tænke på regndråber i solskin, der vander ørkenen. Hvis jeg venter lidt, dukker blomsterne sikkert frem af det røde sand.

"Ja, den er smuk, ikke?"

"Ja, jo, bestemt. Undskyld, jeg faldt vist i staver. Det var noget med ørkensand, regndråber og blomster.

14

Nu skal jeg nok være til stede."

Vi sætter os overfor hinanden og jeg hælder vand op til os begge og rækker Janir et glas.

Mens jeg prøver at huske, hvor vi var kommet til, sidst vi talte sammen, begynder Janir at forklare hvorfor hun er kommet.

"Jacor har valgt at forlade denne verden inden så forfærdelig længe. Vi tre har jo, ved flere lejligheder, haft emnet oppe at vende og du kender hans argumenter for ikke at bruge pyramiden."

Jo, argumenterne kender jeg og ingen af os tre er uenige i, at det er uforeneligt med lighed og medmenneskelighed, at det kun er eliten, der må bruge krystallejet i pyramiden til at lade kroppens celler op med livsenergi og derved forlænge livet.

Janir fortsætter, efter at have taget en slurk vand.

"Mange går direkte verbalt imod ham og endnu flere synes bare, at han er et gammelt fæhoved, der kun skader sig selv. Heldigvis for det. Havde de syntes, at han skadede de højere samfundslags position, ville det have set slemt ud, ikke kun for ham, men også for hans venner og familie."

"Han er en stædig rad, den kære Jacor, men hvordan har han det fysisk og mentalt?"

"Han har det egentlig fint, men jeg sporer en træthed hos ham, eller skal jeg hellere kalde det en slags mæthed af livet. Jeg kan især se det på den måde han bevæger sig rundt på."

"Du er altså kommet for at bede mig om at være

hans drømmeledsager?"

"Ja, der kan ikke være tale om, at det skal være andre end dig, der følger ham over. Jeg vil naturligvis også være hos ham."

"Du ved jo, Janir, at det vil være mig en stor ære, at lave denne drømmeledsagelse med Jacor. Har tænkt på et tidspunkt, hvor vi kan gå lidt mere i detaljer omkring arrangementet?"

"Kom hjem til os i morgen, mens dagen stadig er ung og lad os spise morgenmåltidet sammen."

"Det er så en aftale. Hils Jacor og fortæl ham, at jeg gælder mig til at se ham."

Vi rejser os, hilser og Janir svæver ud af døråbningen som om hun ikke rører gulvet. Jeg fornemmer en svag duft af blomster og velduftende urter, hendes karakteristiske duft.

Jeg noterer straks aftalen i min kalender, da jeg ved af erfaring, at jeg let bliver distraheret og glemmer selv vigtige samtaler.

Inden jeg fortsætter med at fortælle nærmere om det at drømmeledsage, skal du høre om en oplevelse jeg havde om natten - altså natten før jeg skulle møde Jacor og Janir.

Foryngelsestemplet

Da jeg lægger mig til ro for natten, tænker jeg med glæde og forventning på det møde, jeg skal have i morgen tidlig med Jacor og Janir. Der er dog også iblandet en vis mængde sørgmodighed på grund af Jacors beslutning om at drage bort, også selv om jeg føler, at jeg har accepteret hans beslutning.

Jeg lægger en forventning ud om et godt og frugtbart møde i morgen, hvorefter jeg beder om brugbare informationer omkring mit arbejde med energi og helbredelse.

Efter nogle dybe vejrtrækninger glider jeg over i mellemlaget mellem at være vågen i dagsbevidstheden og den egentlige drømmebevidsthed. Mellemlagets lyde når mig, men så glider jeg videre ud og kort efter oplever jeg, at jeg flyver højt over havet og skyerne. Der er huller i skylaget og kort efter kan jeg mærke, at jeg bevæger mig nedad. Skyerne skilles og jeg ser et enormt bjerg af vulkansk oprindelse, som jeg har retning imod. Det står som en kæmpemæssig, rød kegle, men den er ikke i udbrud og der er sne på toppen. Flere mindre vulkaner omgiver det, ligeledes med sne på toppen. Solen skinner på den side, der vender op mod mig, og mens jeg nærmer mig stedet, fornemmer jeg fred og harmoni.

Da jeg kommer nærmere, kan jeg se, at jeg har retning mod toppen. Pludselig føler jeg, at jeg har alt for meget fart på, og hvis jeg følger min nuværende kurs, vil jeg ramme tæt på den øverste kant og brage lige ind i klippesiden. Der er en pludselig panikfølelse, men så er jeg passeret gennem klippevæggen eller en smal åbning, jeg registrerede det ikke. Nu befinder mig i et stort, højloftet rum nærmest som et tempel, inde i bjerget.

Mens jeg svæver et stykke oppe i rummet og ser mig omkring, får jeg øje på en stor åbning, hvor lyset strømmer ind. Rummet ligger meget højt i forhold til havoverfladen og den isnende vind blæser ind i rummet. Mine tænder begynder snart at klapre og kulden når helt ind i mit inderste og får hele kroppen til at ryste.

"Hvor er jeg?" siger jeg tænderklaprende, men får intet svar. Jeg ser mig om for at finde yderligere detaljer i det enorme rum. Et stykke inde i hulen, væk fra åbningen, lægger jeg nu mærke til en afskærmning og bag denne igen en konstruktion, som ikke umiddelbart giver nogen mening. Der er også mennesker dernede. Jeg ønsker at komme nærmere og svæver så tættere på sceneriet.

For et kort øjeblik befinder jeg mig igen udenfor bjerget, ude i det fri og langt oppe. Denne gang er der ingen skyer og det vidtstrakte land, som jeg så under min indflyvning, er nu blevet meget mindre. Jeg kan se havet i det fjerne. Åh, *Hawaii*, jeg genkender nu bjerget og fornemmer samtidig, at jeg er langt tilbage i tiden. Min fortid. Så fik jeg svaret på hvor jeg er.

Med ét er jeg tilbage i hulen og skal lige vænne øjnene til at se i halvmørket. Med klaprende tænder prøver jeg at få flere detaljer omkring konstruktionen.

Det primære i konstruktionen ser ud til at være

et leje, hvorpå der ligger et menneske på ryggen. Over personen er der en tilsvarende plade som lejet og denne kan virke som et låg. Top og bund er ens udformet, ovale og omkring 30 cm i tykkelse. Materialet kan minde om grå skifer. Kanterne er afrundede og ovalerne, er så store at selv en stor og høj person kan ligge udstrakt uden at rage udenfor.

Jeg ser nærmere på personen på lejet. Det er en mand, der ligger på et hvidt klæde. Han er nøgen og må fryse forfærdeligt. Der er flere personer omkring ham, men jeg kan ikke se, hvad de laver. Noget siger mig, at manden skal modtage helbredelse. "Foryngelse," bliver jeg korrigeret.

Lydene fra et spædbarn fanger min opmærksomhed og jeg får øje på en kvinde med et barn i favnen. En mor med sit barn, fornemmer jeg. Hvorfor bringe et barn herop i denne kulde? Mor og barn er pakket godt ind, men bare at skulle indånde den kolde og meget tynde luft må være forfærdeligt for den lille skabning. Er manden døende og det er hans kone og barn, der er med for at støtte ham og give ham mod?

"Barnet er den ene part i arrangementet," får jeg at vide. "Der er ingen familiemæssige relationer mellem manden og kvinden med sit barn."

"Tager man barnets livskraft og giver det til manden?" spørger jeg skrækslagen. "Det er jo frygteligt!"

"Barnet lider ingen skade og kvinden nyder også godt af foryngelsen."

Tusinde spørgsmål vælter nu frem i min bevidsthed: "Men hvad sker der?" "Hvordan fungerer dette system?" "Hvor får man kraften fra og hvordan forbindes barnet til manden?"

"Magnetisme, telepati, samhørighed."

Min hjerne begynder straks at prøve at gå i detaljer og finde mulige forklaringer på, hvordan systemet virker og jeg føler, at mit hoved er ved at sprænges.

"Tænk ikke, men føl ind til det, der sker!"

Jeg prøver at slappe af og efter kort tid får jeg nogle billeder, som jeg kan tage med tilbage til min dagsbevidsthed og arbejde videre med.

Med en nysgerrighed til at blive og samtidig en usigelig lyst til at undslippe den forfærdelige kulde, glider jeg langsom baglæns ud gennem klippen, ud i det fri og tilbage til mørket i min drømmetilstand.

Da jeg mærker, at jeg er tilbage til drømmenes udgangspunkt, bliver jeg grebet af panik. "Vågn op, vågn op," råber jeg inden i mig selv, og mens jeg kæmper mig op til overfladen af min bevidsthed, tumler jeg stadig halvsovende over til bordet, hvor jeg altid har materialer liggende til at nedfælde mine oplevelser. Jeg tegner, skriver og tænker som en gal. Alt må jeg huske; intet må gå tabt!

Jeg sætter mig tilbage i stolen, helt udmattet, både fysisk og mentalt. Så rejser jeg mig, henter kanden med vand og et glas, hælder op, spilder og sætter mig ned igen. Vandet hjælper og jeg lader min fulde opmærksomhed være på vandet og dets vej ind i min krop. Det hjælper.

"Vandet er levende; luften er levende."

Jeg hæfter mig dog ikke videre ved dette udsagn, men tager nogle dybe vejrtrækninger, hvorefter jeg sætter mig hen til bordet og ser på mine skitser og notater.

Det er dog vanvittigt at bygge den helbredende konstruktion på et så forfærdeligt, utilgængeligt og menneskefjendsk sted! Er det for at holde det borte fra masserne, så kun få kan få adgang til konstruktionen?

Magnetisme. De to plader, den ene over manden og den anden under, må indeholde magneter eller være to store magneter. Telepati. Barnet og manden må have en telepatisk forbindelse til hinanden, men hvad kan det hjælpe?

"En fælles forventning om og ønske om foryngelsen og at dette må ske i harmoni med ALT, altså det, som du kalder naturen."

"Samhørighed? Hvis barnet og manden ikke engang har familiemæssige bånd, hvor er samhørigheden så?"

"Samhørigheden mellem bestanddelene i barnet krop og mandens krop."

"Men kroppene berørte ikke engang hinanden. Hvordan skal jeg forstå denne samhørighed?" spørger jeg endnu mere forvirret.

"Vi vil give dig en kort og præcis forklaring, og du må acceptere, hvis du ikke forstår det hele umiddelbart. Hav tålmodighed, det vil komme til dig senere."

Jeg nikker og trækker et uskrevet stykke papir hen til mig.

"Nej, ikke det mentale. Luk øjnene og se billederne!"

"Javel!" Jeg lukker øjnene og læner mig tilbage i stolen. Venter. Venter. Jeg bliver utålmodig. Hvor er billederne? Jeg føler efter og kan nu mærke, at jeg slet ikke er i ro. Jeg trækker vejret dybt et par gange, og det føles, som om jeg er ved at glide over i en let søvn.

Kort efter kommer billederne og en følelse af at vide. Det føles, som om der kun er gået få øjeblikke, før jeg slår øjnene op og føler mig frisk og begynder at notere ned.

"Alle bestanddele i menneskekroppen kommer fra planeten. Alle byggestenene i et barns krop er kommet gennem den mad, som barnets mor har indtaget. Alle ting på planeten har på et eller andet tidspunkt været i berøring med hinanden. Det er her, samhørigheden opstår. Byggestenene kender så at sige hinanden og glemmer aldrig denne forbindelse, heller ikke, selv om de er langt fra hinanden. På det lavere eller dybere plan er dette altså "forbindelsen" mellem barn og voksen, og på et højere plan er det telepatien, der forbinder dem. Moderen har en naturlig forbindelse til barnet, da hun jo netop for nylig har været i berøring med alle barnets byggesten og samtidig har en dyb telepatisk forbindelse til sit afkom. Foryngelsen sker ved, at barnets nye byggesten gennem samhørigheden, kan fortælle mandens gamle og slidte byggesten, hvordan en ny ser ud. De gamle byggesten får en slags ahaoplevelse og husker nu, hvordan de selv var som nye. De bliver altså ikke en kopi af barnets byggesten, så hverken barnet, moderen eller manden deler noget fysisk. Herefter begynder kvindens og mandes byggesten at reparere sig selv. Dette kræver speciel opmærksomhed og tålmodighed, da det vil tage nogen tid at flytte rundt på tingene fra det gamle til det nye."

Jeg føler mig helt svimmel efter dette.

"Det er jo så enkelt! Så enkelt! Men hvad med magneterne?"

"Magneterne bringer så at sige byggestenene til at svinge i takt. Bringer dem til at tale samme sprog på samme tid. Den lave temperatur er en nødvendighed for at bringe byggestenene ned på en temperatur, hvor de kan gå i resonans med magneterne. Det er altså på grund af magneternes manglende evne til at svinge hurtigt nok, der gør placeringen af konstruktionen i dette kolde miljø nødvendig."

Efter denne oplevelse, kan jeg godt se, at vi kun har husket en flig af vores forfædres viden. Nu arbejder vi med det, som vi er bedst til, nemlig krystaller, men det er slet ikke så effektivt og effekten aftager relativt hurtigt, når det gælder om at regenerere kroppen.

Skal jeg begynde at arbejde med denne metode, som jeg oplevede i drømme? Det ville blive en storslået bedrift! Jeg vil allerhelst begynde med det samme, men natten er næsten gået og jeg skal kunne yde mit bedste, når jeg besøger Jacor og Janir.

Jeg glider ind i en drømmeløs søvn.

Forbereder drømmeledsagelse

Jeg føler mig forfrisket efter morgenbadet og traver forventningsfuld mod Jacor og Janirs bolig. Jeg har mit fineste hvide klæde på, pyntet med lidt guldbroderi i kanten, og nye sandaler. Jeg skal mødes med mine kære venner og vi skal forberede drømmeledsagelsen med Jacor. Jeg brænder efter at fortælle dem begge om min drøm og føler det, som var jeg igen et barn, der snart får et længe ventet ønske opfyldt.

Dette er et dejligt tidspunkt på dagen. Nattens kølighed er forsvundet og dagens hede har endnu ikke indfundet sig. En tanke falder mig pludselig ind. Hvorfor har jeg egentlig så svært ved at tåle varmen? Jeg har levet i dette klima hele mit liv uden nogensinde at have vænnet mig til den. Det er ikke sådan, at jeg ønsker at opholde mig i kølige omgivelser, men en stor del af dagen er heden simpelthen for meget for mig og jeg bevæger mig kun ud i den, hvis det er strengt nødvendigt. Sådan har det været hele mit liv. Det er ikke noget, der er kommet med alderen.

Jeg nærmer mig mit bestemmelsessted. Hækken ud til vejen er som altid perfekt, takket være Janir. Da jeg åbner lågen, giver et lille klokkespil i huset signal til beboerne om, at deres gæst er ankommet. Jacor kommer mig smilende i møde. Med mit ærinde i mente, suser mine oplevelser sammen med denne kære ven forbi mit indre øje og jeg føler mig varm om hjertet. Så tænker jeg, "Er han mon mæt af dage?"

Jacor hilser.

"Yadar, kære ven, distræt som altid!"

"Åh, jeg faldt vist i staver. Jeg tænkte på alt det, som jeg har oplevet sammen med dig - og det er jo ikke så lidt, kære Jacor."

Uh, det kunne have været lidt pinligt. Jeg må virkelig tage mig sammen og holde mine tanker i nuet. Vi giver hinanden et knus.

"Kom, Janir sidder allerede i haven. Vi har meget at tale om. Nu hvor jeg tænker efter, er det faktisk længe siden, vi har fået en ordentlig snak, du og jeg. Ikke sandt?"

Åh jo, jeg har haft alt for travlt med mine mange gøremål. Hvornår lærer jeg det?

Det er, som om Jacor læser mine tanker.

"Bebrejd nu ikke dig selv og få dårlig samvittighed. At leve i ens passion er netop at leve, mens man lever."

Han dunker mig blidt i ryggen og viser mig hen til bordet, der er placeret under et stort flamboyant træ, der lader morgensolen skinne gennem bladene og de røde blomsterklaser, der samtidig vil skærme os, specielt mig, når varmen sætter ind. De er altid så betænksomme, de to. Jeg føler igen et stik af dårlig samvittighed over, at jeg selv altid er så distræt i sådanne situationer, hvor det er mig, der skal være vært. Det bider ligesom sig selv i halen. Jo mindre jeg ønsker at være vært, fordi jeg er distræt, des mindre øvelse får jeg i at være det og dermed føler jeg mig endnu mindre sikker.

Janir rejser sig fra bordet og kommer mig smilende i møde.

"Velkommen, kære Yadar. Hvor er du henne?"

"Åh, undskyld, Janir. Jeg tænkte netop på hvor distræt jeg mange gange er og dermed var jeg netop distræt. Suk!"

"Op med humøret. Jeg vil kalde det eftertænksomhed og endda dybsindighed, og det er da meget positivt, ikke sandt?"

"Tag et stykke brød."

Jacor rækker kurven med nybagt brød over mod mig.

Jeg smiler undskyldende og tager et stykke brød, der endnu er varmt, mærker på det og dufter til det. Jeg føler stor taknemmelighed. Jo livet er sandelig fyldt med gaver.

Under måltidet får vi ført hinanden ajour med de større ting, der er hændt os, siden vi sidst var sammen. Jeg har ikke så meget at fortælle. Det er, som om det hele er gledet ud af min hukommelse efter nattens drøm. Alt andet er blevet mindre betydningsfuldt. Jeg hører parrets beretninger og kommer af og til med korte bemærkninger, mens jeg sidder og venter på, at jeg kan tillade mig at fortælle om den store åbenbaring, som jeg har fået om natten.

Endelig synes jeg, at øjeblikket er passende og Janir vender sig i det samme mod mig med et stort smil.

"Og hvad er det så, som du sidder og vrider dig

utålmodigt over at ønske at fortælle?"

Jeg bliver flov, men glemmer det hurtigt, da jeg først er kommet i gang med min beretning.

Både Janir og Jacor deler min begejstring, men så formørkes Jacors ansigt.

"Kan dette ikke føre til yderligere splittelse og måske give magthaverne endnu mere magt?"

"Det har jeg slet ikke tænkt på. Jeg tænkte kun på, at alle nu kunne få glæde af opdagelsen. Jeg må virkelig overveje dette nøje, inden jeg overhovedet begynder at skrive noget ned. Og jeg lover dig, Jacor, at jeg nok skal tale med dig, inden jeg gør noget som helst."

Jeg kom til at tænke på hvad Janir havde fortalt mig dagen før omkring Jacors modstand mod at bruge foryngelsespyramiden. Jeg forstår hans kommentar.

"Tak, det er jeg virkelig glad for at høre."

Jeg føler en lidt trykket stemning og finder et smil frem, slår håndfladerne sammen.

"Lad os nu glemme min drøm og koncentrere os om det, jeg egentlig er kommet for ... ja foruden at besøge jer, altså."

Bordet bliver ryddet, så der kun er vand, frugtsaft og frugt tilbage og Jacor begynder at fortælle mig om sine ønsker i forbindelse med drømmeledsagelsen. Det varer ikke længe, før jeg har et overordnet billede af det landskab, som han har valgt at bevæge sig gennem på sin rejse.

"Lad os lave en indledende drømmerejse, hvor vi går ind i det landskab som du har beskrevet. Du tager naturligvis med, Janir," siger jeg.

Ved at lukke af for de ydre sanser og placere os i stolene, som vi vil gå i landskabet, tager vi hinanden i hænderne. Ved med lukkede øjne at fokusere på et indledende billede, befinder vi os snart på en kortklippet græsplæne med enkelte spredte gule blomster. Ikke langt fra os løber der en hæk, omkring tre meter høj, til begge sider, så langt vi kan se. Den har små klaser af bittesmå, hvide blomster. Lige foran os er der en bueåbning i hækken skabt af hækken selv, og en smal sti af rødligt sand leder gennem åbningen. Vi kan ikke se, hvad der er på den anden side, kun stien, der fører derind. Det er tydeligt, at vi skal gennem åbningen.

Vi går ved siden af hinanden, med Jacor i midten, jeg til venstre og Janir til højre for ham. Bueåbningen bliver bredere, da vi nærmer os, så vi kan gå igennem den side om side.

Da vi er kommet gennem åbningen i hækken, går vejen ned ad en bakke. Til venstre begynder en skov, yderst med et nøddehegn, og til højre er der åbne vidder med lave bjerge i det fjerne. Mellem bjergene og os snor der sig en bred flod der ligesom buler ud på midten og danner en sø. Der er svaner på søens blanke overflade. Solen skinner fra en blå himmel med hvide skyer og en svag brise bringer områdets lyde og dufte til os.

Jeg ser, at Jacor begynder at sætte detaljer på landskabet. Janir og jeg blander os naturligvis ikke. Det er min opgave at holde os på stien og holde fast i den vej, vi allerede har gået, så selv om Jacors fokus er ude i landskabet, befinder hans center sig stadig mellem os på stien. Janir er Jacors anker.

Som drømmeledsager er det ofte min opgave at skabe det scenarie, som klienten skal passere gennem, ud fra nogle få stikord og hvad jeg ellers har af kendskab til personen. Selv om det er jordiske ting, vi drømmeledsagere bruger i disse scenarier, skal der ikke forekomme ting, der kan motivere klienten til at opretholde kontakten med Jorden, så som mad, drikke og sex. Vi arbejder med skønhed i arkitektur og farver, ynde og lethed og følelsen af frihed og det at blive sat fri. Jeg må indskyde her, at jeg oftest ikke laver en indledende drømmevandring med klienten.

Hvor skal klienten så hen? Klienten skal ledes derhen, hvor han eller hun føler en stærk motivation til at forsætte rejsen; tilbage til det 'sted' hvor vi kommer fra, før vi inkarnerer i fysisk form. Når motivationen er stærk nok, vil klienten fortsætte alene, indtil denne modtages og bydes velkommen hjem. Det sidste stykke, som klienten rejser alene, kalder vi Blomsterbroen. Det er ikke en bro i almindelig forstand og den er ikke lavet af eller dekoreret med blomster, men fremstår som en strålende bue af lys i uendeligt mange farver. Ikke stribet, som en regnbue, men netop, hvis den blev set med menneskeøjne, ville fremstå som en bro, dækket af et tusindfarvet, lysende blomsterflor.

Vi fortsætter langsomt ad stien, der snor sig gennem et bakket landskab, hvor Jacor til stadighed tilføjer nye elementer, træer, dyr, skulpturer, farver og lys. Det bliver virkelig et kunstværk.

Pludselig oplever jeg et kort glimt, hvor alt bliver sort, som om nogen slukkede for lyset ved en kunstudstilling, men så er vi tilbage på stien. Jeg mærker en stærk uro og vi er enige om at tage tilbage til haven, hvor vi fysisk sidder og laver dette drømmelandskab.

Vi er hurtigt tilbage og tager nogle dybe vejrtrækninger og drikker noget vand. Så spørger jeg, om mine venner er okay.

"Der var først et kort øjeblik med mørke," siger Janir, hvilket jeg bekræfter som også værende min oplevelse.

"Jeg burde have været mere i ro, da vi gik ind i drømmetilstanden," siger Jacor. "Jeg er bekymret for landets fremtid og da jeg så stien, kom jeg til at stille spørgsmålet: Hvor vil denne udvikling, som vi oplever i øjeblikket, føre landet hen? Ja, lige som en sti fører et sted hen. Med ét var jeg borte fra mit drømmelandskab og følte, at jeg var i en anden tid, en mulig fremtid. Jeg følte faktisk, at jeg var dig," siger Jacor og ser lidt undrende på mig.

"Og jeg så faktisk dig, Yadar, og ikke Jacor under drømmen," siger Janir, "selv om jeg godt vidste, at det var Jacor der oplevede den."

"Det kan betyde, at jeg ikke selv får mulighed for at opleve dette, men at du, Yadar, har mulighed for, eller skal jeg sige, at der er fare for, at du kan opleve denne frygtelige tid. For ja, det var en frygtelig oplevelse, også selv om jeg på en måde vidste, at det var en slags drøm."

"Jeg oplevede kun mørket et ganske lille øjeblik,

men det lader til, at I har oplevet meget mere end det," siger jeg.

"Ja, bestemt," siger Janir. "Min oplevelse var dog den, at jeg var tilskuer til det som Jacor, eller egentlig du, oplevede."

Det følgende kapitel starter med Jacors beretning.

Azuru Timu

Jeg havde arbejdet i døgndrift og havde derfor ikke været hjemme hos familien i nogen dage. Uheldigvis havde jeg været så optaget af mit arbejde, at jeg ikke havde haft tid til at slappe af og sidde i stilhed. Havde jeg blot lyttet til min krop, der fortalte mig, at der var noget helt galt, men jeg havde ikke mine tanker hos familien. Snart kom der meddelelser om, at vores familier var taget til fange og der gik rygter om de frygteligste ting, der blev gjort mod dem. Jeg blev som lammet, da jeg fokuserede på mine kære. Alt sortnede i ulidelig smerte.

Tidligere var vores land delt op i områder med egen forvaltning og der var ingen overordnet regering for landet. Det kulturelle og administrative centrum lå i, hvad der langt senere kommer til at hedde Mexico City. Manden, som blev kendt som Azuru Timu, havde en drøm om at leve evigt og dette skulle ske på den måde som han kendte til, ved at tage livsenergi fra andre væsner. For at kunne gøre dette effektivt og uden modstand fra andre områder underlagde han sig først hele landet 'Alt'.

Livsenergien blev taget fra mennesker ved hjælp af tortur og seksuelle overgreb, hvor mennesker blev holdt i langvarig lidelse, da man naturligvis ikke havde til hensigt at dræbe energikilden. Grunden til, at der var specielt fokus på forskerne, var, at vi jo netop arbejdede med energi og med at bibeholde en rask krop og psyke. Azuru Timu var klar over, at vi havde hemmeligheder, som vi holdt for os selv. Der var ingen grund til at andre udenfor forskerkredsen skulle have denne viden, da det kun var os forskere, der brugte den.

Det er indlysende, at vi ikke ønskede at videregive vores viden om en forlængelse af livet, da det blot ville betyde, at landet ville have en brutal diktator i endnu flere år. Vi kunne dog ikke leve med den lidelse, som vores landsmænd og specielt vore kære blev udsat for.

Som repræsentanter for videnskabsfolkene var vi en lille gruppe, der indvilgede i at mødes med herskerens repræsentanter. Vi var både usikre og bange, men syntes, at vi havde gode kort på hånden. Herskeren havde ingen grund til at fortsætte grusomhederne, når han fik vores viden. Vi fik efterhånden lavet en aftale, der blev nedskrevet og alle tilstedeværende underskrev dokumentet. Alt foregik i en venlig og højtidelig atmosfære. Nu manglede vi bare herskerens samtykke og underskrift. Det virkede mere som en formssag nu, blot en sidste forhindring, før alt blev godt igen.

Jeg og min foresatte mødes med herskeren i selve paladset og vi får også den eftertragtede underskrift. Jeg forstår ikke, hvorfor herskeren har valgt at bære en maske, og jeg kan heller ikke nå ind til hans tanker. Atmosfæren virker dog umiddelbart tryk og der er smukt i det lyse rum og der er mad, drikke og musik. Vi får underskriften og drager snart efter af sted for at hente vore kære.

Som lovet bliver de alle løsladt og vi går straks i gang med helende processer for at afbøde virkningerne af mishandlingerne. Vi får dog hurtigt andet at se til, for vi beordres til møde i templerne i Tian for at overgive vores viden til herskerens forskere.

Jeg bliver overrasket over at se herskeren selv være til stede i det store auditorium, som vi får forbud mod at forlade, indtil alt vores viden er videregivet. Trætte, men lykkelige, får vi endelig lov at tage hjem, men kun for at finde, at vores familier igen er taget fra os.

Her slutter Jacors fortælling, og vi sidder i haven hvor Janir bekræfter den. Vi arbejder på at komme fuldt tilbage fra drømmeoplevelsen, hvorefter jeg forlader dem. Jacor skal med Janirs hjælp komme til fuld klarhed med og finde fuldstændig ro, både med hensyn til landes fremtid og hans eget valg om at afslutte dette liv. Jeg bidrager også til dette arbejde, men fra templet samme eftermiddag.

Om aftenen, hjemme hos mig selv, beder jeg om af få at vide, hvad der videre sker, da det netop er et fremtidssyn. Jeg glider langsomt bort fra dagsbevidstheden og møder kort efter en ung mand, som på sin vis er mig selv. Der er uendelig mange lysende tråde forbundet til den unge mands ryg og de forsvinder alle sammen bag ham i mørket. Kun én drejer ligesom rundt til venstre for mig, og da jeg følger den lysende tråd med øjnene, må jeg til sidst dreje hovedet, og jeg ser, at den ender bag min ryg. Vi er forbundne, men hvorfor har han så mange tråde, og jeg kun denne ene? Han smiler blot og fortsætter den historie, som Jacor begyndte på tidligere på dagen, næsten, som om der ikke var sket noget i den mellemliggende tid.

"I min fortvivlelse glemmer jeg at passe på mig

selv, og inden længe er vi alle spærret inde. Vi dør alle i fangenskab; nogle af os først efter tyve eller tredive år, i hvilke vi udsættes for de værste pinsler, der er følt på denne planet. Pinsler, der stadig forfølger os liv efter liv. Til sidst får Verden dog fred for sin undertrykker. Herskeren når at leve i femhundrede og halvtreds år, før hans eget vanvid tager livet af ham. Andre har gennem tiderne levet i hans energi og udrettet frygtelige ting, men under fraværet på Jorden har herskerens sjæl arbejdet på at harmonisere og drage visdom ud af hændelserne. Nu beder han ydmygt om tilgivelse og deler villigt ud af den visdom, som han har høstet i sit liv som herskeren over 'Alt'."

Der bliver derefter mørkt og tomt omkring mig. Kommunikationen er tydeligvis forbi.

Beretningen om Azuru Timu har gjort et stort indtryk på mig, og jeg kan mærke en knude af angst indeni mig.

Da jeg ankommer til templet næste dag, har jeg allerede besluttet ikke at indvi andre i min viden omkring magneternes kræfter. Dette betyder også, at jeg ikke kan bede om hjælp, men må arbejde med denne opgave alene.

Jeg forbereder mig på en meditation, der skal give mig en større fornemmelse af, hvad jeg skal gøre og hvad der skal ske fremover.

Jeg spørger ind til, hvad der sker efter Jacors beretning og får følgende svar.

"Begivenhederne omkring Azuru Timu bliver star-
ten på landets endelige opløsning, både når det
gælder det fysiske land og de folk, der bebor det.
Mindre grupper vil drage ud og starte nye samfund
rundt om på kloden og bringe deres viden med til
andre folkeslag og hjælpe dem i deres udvikling til
en højere civilisation. Vær ikke bekymret. Menne-
skeheden vil overleve og finde nye veje … eller gå
til grunde og genopstå i sin evige søgen efter sit
højeste potentiale."

Efterfølgende har jeg en fornemmelse af, at Azuru
Timu ikke dukker op i dette liv, men ligger som
en mulighed i 'Alt's fremtid. Dette betyder, at det
mere er bundet til landet end til, at jeg i et andet
liv, kommer til at opleve det, som Jacor oplevede
under den indledende drømmeledsagelse.

Først her går det virkelig op for mig, at jeg i mine
drømme og meditationer har bevæget mig i både
fortiden og en mulig fremtid. Hvordan er det mu-
ligt? Og hvordan kan det være, at jeg kan optræde
i fremtiden, hvis jeg dør, inden tingene sker? Jeg
føler, at jeg er ved at miste mig selv, at jeg er ved at
glide ind i et vanvid, som vil tilintetgøre mig.

"Hvem er jeg?" spørger jeg så.

"Hvad er du?" lyder svaret.

"Stop!" Jeg må stoppe mine tanker. De trækker
mig ned i vanviddets spiral, en malstrøm, som jeg
aldrig vil kunne slippe ud af igen. Jeg rejser mig
hastigt op og løber ud og tager mig et køligt bad.
Jeg ligger i badekarret, indtil jeg ikke længere kan

holde kulden ud. Tankerne er hørt op, der er kun tomhed og jeg føler en mathed i hele kroppen. Efter at have tørret mig, går jeg tilbage til mit rum. Jeg må lægge mig ned og bare være, bare sove.

Drengen med masken

Den unge mand med livstrådene er tilbage, og et spørgsmål trænger sig på.

"Hvordan kan du vide noget om fremtiden, med mindre den er forudbestemt, og hvor fører de mange tråde, som er forbundet til dig, hen?"

"Fremtiden er ikke bestemt på forhånd. Derfor fortæller jeg dig heller ikke om din fremtid. Jeg fortæller dig om min fortid. Du har muligheder foran dig, mens jeg har oplevelser bag mig. De mange tråde symboliserer forbindelser til mange liv, som jeg som højere bevidsthed har erfaret, og som jeg nu samler for at kunne integrere dette til én enhed, én bevidsthed."

Forklaringen omkring fremtid og fortid giver god mening, men resten kan jeg ikke rigtigt forbinde med noget.

"Vær venlig at forklare mere omkring trådene. Dem kan jeg ikke rigtigt få ind i en sammenhæng."

"Jeg vil ikke fortælle dig om disse forbindelser, da det ikke er relevant for det, som du er i gang med, men jeg vil fortælle dig om noget, som jeg oplevede, mens jeg var barn i det liv, hvorfra jeg nu har kontakt til dig."

I det, der nu udfolder sig, er det mig selv, Yadar, der oplever hændelsen.

Jeg står i et rum; det er en stue. Her er varmt og

Solens stråler bager ind i rummet gennem vinduer dækket med glas. Der er en hyggelig og tryg atmosfære. Jeg fornemmer, at jeg er en dreng på mellem otte og ti år. Der er i øjeblikket ikke andre i huset. Væggene er af træ, eller dækket af træ og loftet ser også ud til at være af træ. Der er en bueåbning ind til et andet rum, men jeg forbliver i stuen. Først tror jeg, at jeg står på græs, der vokser på gulvet, men ser så, at det blot er et grønt tæppe. Gulvet giver sig lidt under mine fødder; det er også af træ. Der er møbler af træ i rummet og nogle af stolene er betrukket med stof. Tæt på loftet er der på væggene, hele vejen rundt, sat en hylde op, hvorpå der er placeret bøger, forskellige figurer og vaser.

Jeg hører blæsten i vegetationen udenfor og vender blikket mod vinduet. Kun en smal vej skiller den lille forhave fra fjorden, hvis grønne bølger er toppet med hvidt skum.

Pludselig slår en tanke ned i mig. "Hvorfor ser jeg ud af disse øjne? Hvorfor har jeg valgt netop at være i denne krop og se ud gennem dens øjne? Hvorfor ikke en anden krop og et andet sæt øjne? Ville det gøre nogen forskel?"

Jeg har tydeligvis en forståelse af, at jeg ikke er den krop som jeg bebor. Drengen undrer sig dog ikke over, hvad han så er, og hvorfor også det? Han er jo den han er! Netop den, der kigger ud gennem øjnene i den krop, som han er født i.

Jeg glider langsomt ud af drømmen; og mens jeg svæver mellem drøm og dagsbevidsthed, betragter jeg oplevelsen for at uddrage visdommen eller beskeden til mig.

Det er som at have en maske på, der definerer, hvem jeg er, ikke kun overfor andre, men også for mig selv. Det er, som om masken virker begge veje; både indad og udad.

Et er at blive opmærksom på, hvordan masken virker, et andet er at få idéen til at kunne ændre på masken, så der træder en person frem, som man synes passer til det, der er inderst inde og som ikke påvirkes i samme grad af verden udenfor via masken. Igen begge veje.

Det går pludselig op for mig, at jeg ikke er mig! Eller jeg er ikke den personlighed og den krop, som jeg tror jeg er … var. Hvem er jeg så? Jeg kommer til at tænke på det svar, jeg fik tidligere, da jeg spurgte om, hvem jeg er. Svaret var et spørgsmål: "Hvad er du?" Altså ikke hvem, men hvad! … Hvad?!

Jeg er ikke min krop, ok. Jeg er ikke en person; hmm … det begynder at blive svært … eller måske er jeg flere personer? Nej, hvis jeg var flere personer, ville jeg da kende mine jeg'er! Eller hvad? Jeg er nødt til at bestemme, hvad en person egentlig består af. Jeg har både en krop, tanker og følelser. Jeg har mine minder, min hukommelse og mine sanser. Da jeg ikke kan huske andre liv umiddelbart, må jeg nødvendigvis ikke være min krop med dets sanser, og heller ikke mine følelser og tanker; ja og hukommelsen. Jamen, så er der jo intet tilbage!

Aha! Jeg er jo den, der er inde bag øjnene som i drømmen; den, der er med på drømmerejserne;

den, der drømmer; den der ER. Jeg er den, der er bevidst, Jeg er … bevidsthed!

Jeg føler igen, at jeg er ved at miste mig selv. Ikke til vanvid denne gang, men til ekstase!

Denne erkendelse vælter hele mit verdensbillede, hele min tro og hele grundlaget for min eksistens. Jeg er som genfødt, men til hvad? Hvordan ser verden så i virkeligheden ud? … Og ikke mindst: Hvor kommer jeg fra?

Min grundlæggende tro på livsenergien kan stadig stå. Den væltes ikke af min nye indsigt. Dog må jeg indrømme, at det ikke er livsenergien, der holder mig i live som bevidsthed. Livsenergien holder liv i alt det, der lever på Jorden, men som bevidsthed er jeg uafhængig af livsenergien … Jeg lever altså ikke på Jorden. Forstået på den måde, at jeg kan leve uden Jorden, uden livsenergien!

Hvor kommer livsenergien så fra? Dette spørgsmål har vi beskæftiget os med i generationer. Kilden skal åbenbart ikke findes i de enkelte livsformer. Heller ikke i luften, da der også lever organismer i vand, men måske begge steder.

Det blev nødvendigt for mig at gå ind i en meditation for at få yderlige klarhed eller finde svar på anden vis. Det blev specielt klart for mig, da jeg netop havde erfaret, at jeg IKKE er mine tanker … men er bevidsthed ikke tanker?

Jeg glider langsomt ind i mørket og stilheden og føler en behagelig ro.

Manden med den spidse hat

En person toner frem foran mig. Det virker, som om han står i en buet døråbning og muren er bygget op af sten. Der er meget mørkt omkring os.

"Vær hilset."

Det er en venlig mandsstemme. Han er klædt i en mørk kutte og har en underlig spids hat på i samme mørke farve som kutten. Hatten står lige op og rører næsten den lampe, der sender sit svage, gule lys ud i mørket omkring os. Hans ansigt ligger i skygge.

"Du søger svar, der kan hjælpe dig ud af det vanvid, som du føler lurer lige under overfladen af dit sind."

"Åh, ja. Jeg er ved at miste mig selv, miste grebet om, hvad der er mig og føler en dyb angst for at forsvinde ud i intetheden og ophøre med at eksistere."

"Intetheden indeholder ALT."

"Jeg forstår ikke."

"Det at forstå er tankevirksomhed i et mentalt regi, og som du selv er nået frem til, er du ikke dine tanker. Hvilket i øvrigt er korrekt. Derfor bør det trøste dig, at det kun er den del, som ikke er dig, der ikke forstår."

"Det forstår jeg godt, men udover det forstår jeg det stadig ikke."

"Den dybere forståelse, visheden, vil indfinde sig
hos dig, enten som små lysende perler på en snor,
som du opdager én ad gangen, eller som en plud-
selig oplysning. Sandsynligvis begge dele; perlerne
først og så ser du hele perlekæden og alt omkring
den."

"Og perlerne er så forståelsen af de oplevelser, som
jeg har haft på det seneste?"

"Åh ja, men der har været andre perler, som du
ikke har anset for at være endnu en sten i vadeste-
det, der skal føre dig tørskoet over på den anden
bred ... til visheden og viis-heden. Den bred, du
står på nu, indeholder tro og tvivl; to sider af sam-
me sag. Troen er kun en mental overbevisning, der
hele tiden må bekræftes. Det, at troen til stadighed
må bekræftes, indikerer, at der ligger en dybere
tvivl i troen."

Jeg føler virkelig, at jeg må have svar på, hvad jeg
er.

"Men hvis jeg ikke er hverken min krop, mine tan-
ker og mine følelser, er jeg så ... Intetheden? Er jeg
så intet?"

"Så vise ord, så vise ord. Som jeg sagde, indehol-
der intetheden ALT, så du er ALT og ikke intet. Du
har en overbevisning om, at hvis noget skal være
noget, må det være fysisk. I den forstand har du så
også ret i, at du må være "intet", da du i din inder-
ste kerne ikke er fysisk."

"Hvordan skal det kunne hjælpe mig. Jeg synes
blot, at jeg er mere forvirret end før?"

44

"Din angst ligger i frygten for at dø. Da det at dø kun er knyttet til din fysiske krop, tanker og følelser, vil det blot kræve, at du bliver bevidst om, at du ikke er kroppen, følelserne og tankerne. Når denne vished indtræffer, forsvinder dødsangsten og dermed angsten for at blive til intet, at blive tilintetgjort."

"Hvordan får jeg denne vished? Kan du hjælpe mig?"

"Ingen kan give dig visheden. Den må komme til dig som en åbenbaring, eller en ahaoplevelse, om du vil. I øjeblikket er du meget mental omkring dette, så jeg vil råde dig til at slappe af i tanker og følelser,, og finde ind til din kernes ro. Det er herfra viis-heden vil komme."

Manden holder en kort pause, før han fortsætter.

"Her vil jeg forlade dig."

Han bukker, vender mig ryggen og idet han går, slukkes lampen og lyset forsvinder. Det gik så hurtigt, at det nu nærmest føles som et vakuum, som om vores dialog blev revet i stykker. En noget mærkelig måde at afslutte et møde på.

Jeg er tilbage i mine drømmes mørke, om muligt mere forvirret end før, men dog med et håb om, at det, jeg har lært, vil bringe mig større klarhed, når den rette tid kommer. Der var ikke noget svar omkring livsenergien. Dette må jeg arbejde videre på. Manden med den spidse hat var virkelig noget af en personlighed, men meget af det, han sagde, var ligesom i gåder, eller som om han talte ud fra en anden, måske højere forståelse af altings sammenhæng. Jeg ønsker at møde ham igen.

Svaret på det guddommelige

Det er op ad formiddagen. Jeg sidder i mit studere-værelse og tænker på den teknologi med magneter, som jeg og mit folk har glemt. Er der andre, der kan have denne viden, eller viden i det hele taget om de ældre tider? Hvem kender jeg? Det må være en dyb hemmelighed, siden den ikke er kommet ud. Det gør det derfor ekstremt vanskeligt at finde nogen, der blot vil indrømme, at de ved noget.

Så får jeg en idé. Janir, naturligvis. Hende må jeg spørge! Jeg flagrer ud af værelset og er nået halv-vejs ned ad gangen, før jeg opdager, at jeg har de gamle sandaler på. Jeg skynder mig tilbage efter de pæne sandaler og får også lidt blomstervand på skuldrene.

Bare hun nu er hjemme, tænker jeg ved mig selv, mens jeg aser op ad bakken mod hende og Jacors hjem. Jeg ringer på og kan høre klokken inde i hu-set.

"Jamen, Yadar. Jeg gik lige og tænkte på dig."

Janir stikker hovedet op over hækken, smiler og stryger en hårlok væk fra ansigtet. Hun er i gang med sit evindelige havearbejde.

"Janir, jeg må spørge dig om noget, men ikke her-ude," siger jeg forpustet og har, som altid skal jeg vel sige, glemt alt om høflighed.

"Ja, det er vel derfor jeg tænkte på dig, ikke? Kom kun indenfor, så går vi om i baghaven og sætter os. Og så må jeg hellere få bragt noget forfriskende ud til vores hurtigløber." Hun smiler.

Jeg ved ikke om hun smilede, fordi jeg ikke med det samme forstod, hvem hurtigløberen var, eller på grund af det dumme udtryk, jeg måtte have i ansigtet, indtil jeg forstod, at det var mig, hun hentydede til. Jeg må lige sige til mit forsvar, at efter at være blevet voksen, er der aldrig nogen, der har kaldt mig hurtigløber.

Da vi har fået os placeret ved bordet og pigen, der bragte forfriskningerne, er gået, kommer jeg i tanke om, at jeg ikke har set Jacor.

"Er Jacor her ikke?"

"Næ, han tog på en af sine ture allerede kort efter morgenmaden. Ham ser jeg sikkert først sidst på eftermiddagen. Du skal ikke være bekymret, han har det fint. Lad mig nu høre, hvad der i den grad har sat så meget fut i dig, at du er stormet op ad bjerget til mig."

"Jo," siger jeg hviskende og bøjer mig instinktivt over mod hende. "Du kender så mange, så jeg har spekuleret på, om du måske kender en, der ved noget om vores tidligste historie. Måske noget, som de fleste andre ikke længere har kendskab til."

"Jeg kan godt høre på din hvisken, at det ikke er den almindelige historie, du er interesseret i. Du tænker på det med foryngelse gennem magnetisk påvirkning ikke sandt?"

Janir ser nu meget alvorlig ud.

"Jo, jeg tænkte, at jeg kunne bruge en bekræftelse på, at det, jeg har oplevet, ikke kun er en skør fantasi. Det vil give mig en bedre fornemmelse af, hvor jeg står."

Janir lægger hovedet lidt på skrå: "Åh jo, men det vil ikke gøre din situation lettere. Hvis du får bekræftelse på, at foryngelseskuren har fundet sted, står du i en meget farlig situation, hvis du foretager dig noget som helst i den retning. Har jeg ikke ret?"

"Naturligvis Janir, men jeg er nødt til at vide det. Ja, ikke nødt til som i en nødvendighed, men jeg kan ikke leve med den tvivl."

Jeg føler mig overivrig og nervøs på samme tid, mens jeg taler.

"Javist. Jeg har én person i tankerne, men jeg må kontakte vedkommende først. Dette her er dødsens farligt. Ikke kun for os, men for alle, der kan komme under mistanke for at tilbageholde informationer. Lad os derfor aftale, at jeg forhører mig om muligheden for et møde, og jeg vil så efterfølgende lade dig vide udfaldet. Jeg vil møde dig i templet, når jeg har et svar."

"Tak, Janir. Det er svært at sige hvad det virkelig betyder for mig. Jeg håber du forstår."

"Det gør jeg, men tak mig ikke for tidligt. Det kan vise sig, at det er et meget uheldigt valg, du har truffet."

Vi taler derefter om løst og fast, men jeg kan ikke koncentrere mig og siger derfor farvel efter kort tid. Jeg ved, at Janir forstår.

Tilbage i mit arbejdsværelse i templet vandrer jeg hvileløs frem og tilbage mellem reolen i den ene ende og skænken i den anden. Jeg har allerede fået flere blå mærker på lårene ved, i min distraktion, at gå ind i bordkanten, da bordet står lidt for tæt på den rute, jeg har valgt at trave.

"Tag dig nu sammen. Der kan gå dage, før du får noget at vide. Det er ikke sikkert, at denne person er sådan lige at træffe og vedkommende bor måske ikke engang her i Tian."

Jeg stopper ved bordet, hælder et glas vand op og drypper lidt limejuice i. "Ah," siger jeg, da jeg har tømt glasset. Jeg lukker øjnene, sukker dybt og prøver at slappe af.

"Dybe vejrtrækninger hjælper altid på uro i krop, tanker og følelser."

Det er Janirs stemme. Hvorfor har Cantor ikke meldt hendes ankomst? Eller har jeg blot ikke hørt ham?

Jeg åbner øjnene og vender mig mod døråbningen.

"Velkommen, Janir, men hvor er Cantor?"

"Åh, jeg meldte ikke min ankomst til ham. Det er bedst sådan." Hun så alvorlig ud.

"Jeg har talt med en person som har indvilget i at møde dig."

Janir hvisker adressen og forsvinder så hurtigt ud ad døren igen.

50

Det hele er gået så hurtigt. Jeg sætter mig ned for at lægge en plan, men rejser mig straks efter. Jeg må af sted, jeg må videre i min søgen.

Efter at have gjort mig præsentabel, giver jeg Cantor besked om, at jeg ikke ved, hvornår jeg vil være tilbage. Det er han vant til, så der er ikke noget problem her. Han ved også, at jeg har en tendens til at glemme tiden, hvilket virkelig går mig på. Jeg gør nogle stop på vejen og hilser på bekendte og bruger endda tid til at sludre med en caféejer, som jeg kender godt, mens jeg drikker en kop te ved et af bordene udenfor caféen.

Endelig nærmer jeg mig bestemmelsesstedet. Jeg griber mig selv i at vil se mig omkring. Det vil kun virke betænkeligt. Jeg vælger derfor at bruge lidt tid på at rette på min klædning og i smug se mig omkring. Der er mennesker omkring mig, men ingen lader til at tage notits af mig. Jeg træder ind ad en smal port og kommer ind i en lille gård, der er helt tom. Modsat porten, som jeg kom ind ad, er døren til huset og der er placeret et smalt vindue på hver side af døren. Der er malet en bue på murværket omkring døren, som en dørkarm, i blåt, dekoreret med uregelmæssige, gule stjerner. Buen er også noget uregelmæssig i kanterne.

Jeg havde ikke fået navnet på personen, så jeg må tro på, at den person, der åbner for mig, er den, som jeg skal tale med. Der er ingen klokke, så jeg banker på og venter.

Jeg hører snart slæbende trin bag døren, en ældre mand åbner og misser med øjnene mod det stærke lys. Han skygger for øjnene med hånden og vi får øjenkontakt.

"Jeg er Yadar."

"Jamen kom dog indenfor. Jeg var lige ved at lave te, da det bankede på."

Jeg følger med ham ind og lukker døren bag os. Manden er ret høj og en anelse krumrygget. Han har en blå kutte på, med hætten hængende ned ad ryggen. Vi kommer ind i en lille stue, hvor manden peger på en stol ved bordet.

"Sæt dig endelig ned, Yadar, og tag et glas vand. Man bliver tørstig i den varme; så laver jeg teen, så den kan stå og trække."

Da jeg har hældt vand op, kikker jeg rundt i den lille stue. Et hyggeligt sted, spartansk indrettet; det ser ud til, at han bor her alene. Det må være ham jeg skal tale med. Pludselig står alt stille. Hatten; den spidse hat fra drømmen står på skænken i det ene hjørne af stuen, i skygge, så jeg ikke havde lagt mærke til den med det samme.

"Velkommen til, og mit navn er for øvrigt Memton. Hov, hvad er der galt?"

"Mødte vi hinanden forleden nat i en drøm?"

"Næ, ikke hvad jeg ved af, men dit ubevidste eller rettere dit over-bevidste kan være flere steder på én gang, både når du sover og er vågen. Så måske mødtes vi, altså en del af din bevidsthed, der husker mødet og en del af min bevidsthed, der ikke husker det. Fortæl mig om mødet."

"Først må jeg vide, om en bestemt person har aftalt, at jeg kan mødes med dig og tale om et problem, jeg har."

"Jo, jeg har fået at vide, at du sikkert ville dukke op i løbet af kort tid. Du er en rigtig hurtigløber, fik jeg at vide."

Jeg nikker. Jeg er havnet hos den person, som Janir mente, kunne hjælpe mig. Nu er jeg spændt på, om han også er den mand, som jeg havde mødt i min drøm. Jeg fortæller ham kort om mødet og at personen havde en lignende kutte og ikke mindst den spidse hat på.

Han sætter sig overfor mig efter at have sat tepotten på bordet.

"Vi må først have rede på nogle grundlæggende ting, før vi kan gå videre med det, som du egentlig kom for, eller det er måske egentlig de grundlæggende ting, der vil vise sig at være det, der bringer dig videre."

Jeg ser utålmodig på ham, mens han fortsætter.

"Det kan godt være, at en del af mig har ført denne samtale med dig. De ting, der blev videregivet, er jeg i hvert fald på bølgelængde med. Jeg hælder dog mere til den forklaring, at det primært er en del af dig, som du har haft dialog med og som samtidigt har givet dig ledetråde som en mand, en blå kutte og en spids hat. Det var de ting, som du kunne bruge til at finde mig. Det var ikke helt sådan det udspillede sig, men måske var energien i drømmen med til at give din bekendt tanken om at det netop var mig, som du skulle have kontakt til.

Det kan være svært for dig at forstå dette lige nu, men det vil blive mere klart for dig senere. Jeg fornemmer nemlig, at vi har en del at tale om, hvoraf noget er absolut hemmeligt. Forstår du dette?"

Jeg nikker. "Jo, jeg forstår alvoren og nødvendigheden af, at nogen ting forbliver hemmelige, men hvordan ved du, at du kan stole på mig?"

Memton har hældt te i to krus og givet mig det ene. Jeg prøver teen, men den er stadig for varm. Den dufter dog dejlig; krydret på en behagelig måde, uden at jeg kan komme i tanke om hvilke ingredienser der er i.

"Jeg stoler på den, der forespurgte omkring dig og jeg følger min intuition, der siger mig, at jeg kan tale om emner ud over det ordinære og at jeg skal viderebringe noget af min viden til dig."

Alvoren er tydelig i hans stemme, men samtidig fornemmer jeg også en ivrighed og måske også en lettelse over, at han endelig har en, han kan dele sin viden med.

Memton fortsætter: "Før vi kan komme videre med noget andet, er vi nødt til at tale om bevidsthed og hvad dette begreb egentlig dækker over." Han løfter tekruset, puster hen over det og nipper forsigtigt til teen. "Synes du om teen?"

Jeg tager kruset op, puster, suger lidt te ind i munden. "Den er dejlig; og krydret. Hvad er der i?"

"Det er min hemmelige opskrift. Du kan få en pose med hjem, mere hemmelig er den ikke, men lad og nu tale om bevidsthed." Han rømmer sig. "Når du er vågen, er du bevidst om dig selv og de ting der sker omkring dig; lad os kalde det din dagsbevidsthed. Når du sover, er du ubevidst om de ting, der sker omkring dig og i din krop, men du kan være bevidst om, det der sker i en drøm. Du kan også være bevidst om, at det, du oplever, er en drøm, ikke sandt?"

"Jo bestemt, men jeg synes også, at der er forskel på en - skal vi kalde det en almindelig drøm, og så for eksempel det møde, jeg havde med manden med den spidse hat, eller mange af de andre oplevelser, som jeg har haft og som jeg ikke har fortalt dig noget om endnu. Du ved måske lidt fra Janir?" Jeg ser spørgende på ham.

"Vi talte kun ganske kort sammen, men hun nævnte, at du har disse oplevelser. Det er som det skal være. Du kan være helt rolig."

Efter en bedre slurk af teen denne gang, fortsætter han.

"Lad os starte med at slå fast, at du er bevidsthed. Ikke dine tanker og følelser, eller andet, som kan være forbundet med kroppen og dens personlighed. Alt dette forsvinder, når du dør. Så vidt er du selv nået, formoder jeg."

"Det er jeg, men jeg har måske ikke fået det helt så konkret formuleret for mig selv."

Der er en kort pause, hvor jeg forsøger at formulere et spørgsmål.

"Hvorfor er jeg ikke mine tanker? Hvordan kan jeg ellers tænke, når jeg ikke er i det fysiske?"

"Tanker er i det fysiske og selv om det kan føles, som om de er hurtige, så ved du, at det tager tid at tænke. Bevidsthedens "tanker" og skaberkraft er øjeblikkelig; det tager ikke tid for bevidstheden at tænke eller skabe."

Memton kan se, at jeg har mere at sige, så han tager blot endnu en slurk af sin te og nikker til mig.

"Fortsæt. Jo mere du selv kan formulere, des lettere er det for dig at kommer videre i din forståelse."

"Når jeg laver en drømmerejse er det altså ikke med personen eller personligheden, jeg gør det, men med personens bevidsthed … ja, og min bevidsthed, eller er det forkert?"

"Det er rimelig tæt på. Du må blot huske på, at personligheden stadig, så at sige, hænger på den antagelse, at det er den, der skal videre efter døden. Først når der er så meget bevidsthed til stede, at den højere bevidsthed kan slippe fri af personligheden og kroppen, er det den rene bevidsthed, der foretager rejsen. Personligheden KAN IKKE drage videre, men må opløses og koncentreres eller skal jeg sige transformeres til visdom, som er bevidsthedens løn for et liv. Er en personlighed ubevidst om sin egen dødelighed og bevidsthedens udødelighed, kan den blive hængende i vibrationsfeltet lige over den fysiske verden, vidende eller uvidende om, at den ikke længere er i den fysiske verden. Derfor er drømmeledsagelse og ikke mindst forberedelsen så vigtig."

"Du nævnte den højere bevidsthed. Det må du forklare nærmere."

"Lad os forberede et måltid, mens vi taler videre."

Memton rejser sig og går hen til det bord, hvor han forbereder mad. Jeg følger efter. Han finder et brød i en stofpose og giver mig det sammen med en kniv. Jeg skærer to skiver til hver, mens han fortsætter sin udredning.

"Forestil dig, at din dagsbevidsthed kun er en lille del af din samlede bevidsthed og at denne dagsbevidsthed er isoleret fra den højere bevidsthed. Dette sker blandt andet for at give personligheden indtrykket af, at alt, hvad den kan sanse, er alt, hvad der er."

"Ja, men er der egentlig mere, hvis man ser bort fra, at bevidstheden drager videre? ... Åh, jeg har jo oplevet, at jeg har forskellige liv. Er det det, som er hemmeligheden?"

Jeg bliver meget ivrig og får skåret den sidste skive brød temmelig skæv.

"Det er noget af hemmeligheden, men det er hemmeligheden bag hemmeligheden, der er interessant. Altså, hvorfor det er en hemmelighed. Det interessante er, at det ikke behøver at være en hemmelighed, og at mennesker selv kan komme til den endegyldige konklusion, at der er meget mere til livet, end man umiddelbart kan sanse gennem sit tredimensionelle sansesystem og med sin tredimensionale hjerne og fornuft."

Memton er ved at klargøre grønsager og beder mig om at skylle noget frugt fra en skål på en hylde, der hænger på væggen lidt over vores hoveder.

"Skal det skæres ud?" spørger jeg.

"Nej, nej. Bare skyl det og tør det af. Der hænger en ren klud der."

Det er måske på grund af det skæve stykke brød, at han helst ser, at jeg ikke bruger kniven. "Nej, hold nu op. Tænk ikke sådan, din dumrian."

Memton er færdig med grønsagerne og sætter dem på spisebordet sammen med forskellige krydrede olier, krydderier og salt. Der kommer også en kande frisk vand på bordet. Jeg bærer frugten og brødskiverne hen og stiller det på spisebordet og sørger samtidig for, at det skæve stykke ligger tættest på mig. Da vi sidder ved bordet med hver sin portion mad, siger Memton.

"Jeg vil tillade mig at fortsætte, mens vi spiser, da der er meget vi skal have dækket."

Jeg nikker blot, mens jeg gumler.

"Kan du forestille dig, at der er én højest bevidsthed, som så at sige er fælles for alle bevidstheder?"

"Gud," ryger det ud af mig. Desværre sammen med noget af maden. "Jeg har oplevet dette koncept på mine bevidsthedsrejser. Og nu, hvor livskraften ikke er i kroppen ... eller er den? Kommer livskraften så fra den højeste bevidsthed?"

"Vi må holde tungen lige i munden her, og jeg vil derfor udsætte mit svar omkring livskraften til senere, måske til en anden dag, og fortsætte med at tale om bevidsthed. Men ja, vi kan godt kalde denne højeste bevidsthed for gudsbevidstheden, den skabende bevidsthed."

"Endnu et bevis på, at det, som jeg har oplevet ikke bare er min vilde fantasi," tænker jeg, mens jeg tørrer det værste af de madrester op fra bordet, der fløj ud af min mund ved mit pludselige udbrud.

"Jeg kommer i tanke om en ting, nu da vi har gudsbegrebet inde i billedet. Jeg er stødt på dette, at man skal frelse sin sjæl. Er det bevidstheden, man har talt om?"

"Hmm," Memton rynker panden. "Vores højere bevidsthed skal ikke frelses fra noget, så jeg ved ikke, hvad det betyder. Det kan du måske selv finde ud af på dine rejser."

"Hvor ved du egentlig alt dette med bevidsthed fra? Har du også visioner og rejser som jeg?"

"Jeg er ikke så meget en, der samler information, men mere en, der opbevarer den "glemte" visdom, som kan gives videre, når vores verden for alvor er moden til at kunne drage nytte af den, uden at misbruge den. Jeg føler, at noget meget mørkt er på vej og at der er mere vigtigt end nogensinde før at holde denne visdom hemmelig."

Det virker, som om en skygge passerer hans ansigt og øjnene fyldes af sorg. Så retter han sig op, rejser sig, tager tepotten og går over til køkkenbordet. "Var det noget med et krus varm kakao til at styrke sig på?" siger han med en påtaget munter stemme, for ligesom at feje det dystre mørke bort.

"Det vil være dejligt," siger jeg og ved, at vi endnu har meget at skulle igennem. Jeg rejser mig, strækker mig og går over til den spidse hat. "Hvor kommer hatten fra? Jeg har ikke set noget, der ligner den før."

"Sjovt, at du spørger. Den har jeg fra en drøm, som jeg ikke husker indholdet af, men da jeg skulle lave en trekantet hat, huskede jeg den fra drømmen. En trekantet hat bliver naturligvis til en kegle i den tredimensionale verden."

Mens Memton rører i kakaoen, fortæller han videre.

"Bevidsthed har ikke brug for tid og rum for at eksistere, så på en måde kan vi sige, at den guddommelige bevidsthed altid har eksisteret. I den følgende lignelse vil jeg bruge ord, der refererer til tid, rum og sted, men det er kun, fordi de er nødvendige for at kunne give en forklaring, som hjernen kan forstå."

Memton fordeler kakaoen i to rene krus, vi sætter os tilbage til spisebordet og han fortsætter.

"Altså, den guddommelige bevidsthed kender sig selv som en selverkendelse, men ikke som et menneske vil kende sig selv gennem sin krops sanser, sine tanker og følelser. Det første ønske om at opleve sit selv opstår, og den guddommelige bevidsthed kan, ved at samle sine forskellige egenskaber i hver sin halvdel af sig selv, den feminine og den maskuline del kan vi kalde det, lade hver del opleve den anden. Ved dette første møde opleves en stor kærlighed til sin anden del, og ønsket om at opleve denne ekstase igen og igen opstår nu. Hvis vi altid kender hvad vi vil opleve, er det ikke nogen "ny" oplevelse, derfor skaber de to dele nu afkom som bevidstheder med samme egenskaber og et slør, så disse ikke husker deres guddommelige forældre. Bevidsthederne sendes ud i et tomrum, for her at opleve det første møde hvor det erkender sig selv i den anden. Samtidig med ønsket om at opleve kærligheden og sig selv i alle afskygninger, har det guddommelige også fået smag for at skabe. Alle dets afkom får derfor den guddommelige skaberkraft med sig, hvilket betyder, at de ER et sandt billede af det guddommelige; der er ingen forskel bortset fra, at de ikke husker deres herkomst. På et tidspunkt opstår behovet for at skabe et miljø, hvor skabelsen, aktion og reaktion foregår meget langsomt i forhold til det øjeblikkelige, som bevidsthederne indtil da har oplevet. Derpå skabes et tredimensionalt univers med tid, rum og de andre regler, som vi kender. For at kunne være tro mod den sande oplevelse i dette langsomme miljø, vælger hver bevidsthed på forunderlig vis selv at lægge et slør over, hvad det i virkeligheden er, i forhold til de skabninger, som de skal agere igennem. Dette er historien, næsten så kort, som den kan gøres og derfor meget mangelfuld."

Følelserne overvælder mig.

"Nå da, med denne fortælling ser jeg en større sammenhæng, men det vil kræve noget tid fra min side, før det falder helt på plads."

"Bestemt, men jeg er blevet træt af denne megen snak. Lad os aftale, at du kommer igen i morgen, men kom nu ikke så tidligt, jeg har brug for tid til at stå op og gøre mine ting her i hjemmet."

Jeg tager Memtons hænder.

"Mange tak for din tid, visdom og energi. Vi trænger begge til at hvile os ovenpå dette besøg. Vi ses i morgen."

Den gamle mand følger mig til døren. Vi siger intet; kun et nik og så forsvinder jeg i aftenens skygger.

Det er en kold aften og jeg fryser, eller er det bare min reaktion på de mange indtryk, jeg har fået? Jeg skynder mig hjem; ingen ser mig komme. Jeg går lige til sovebriksen, sparker sandalerne af og lægger mig på ryggen med tøjet på. Sukker.

Det blev ikke til et svar omkring magnetterapien. Som Memton også sagde, så var det med bevidstheden af større vigtighed for mit totale overblik og derfor det, der skulle på plads først.

Søvnen kommer hurtigere, end jeg har regnet med. Senere på natten vågner jeg, tisser, drikker noget vand og tager tøjet af. Varmen er kommet tilbage i kroppen.

Min begyndelse

Næste morgen føler jeg mig meget klar i hovedet, men udmattet i kroppen. Hm, burde det ikke være omvendt? Jeg brænder efter at fortælle Janir om mødet, men ved godt, at jeg ikke kan tale med nogen som helst om disse ting. Jeg forstår dog ikke fuldt ud, hvorfor jeg ikke må dele det med andre. Det bliver et af mine spørgsmål til næste møde.

Efter at har været i bad, gjort mig klar til dagen og spist et let morgenmåltid, føler jeg underlig nok ingen tilskyndelse til at gå til templet. Solen sender sin varme og sit lys ind i rummet og jeg beslutter at gå tilbage til det øjeblik, hvor jeg går fra at være gudsbevidstheden eller ALT og til at blive en selvstændig bevidsthed. Jeg sætter mig til rette og husker, at det var kærlighed, som gudsbevidstheden oplevede. Med den klare intention om at opleve min første fødsel og møde gudsbevidstheden i kærlig omfavnelse, stilner jeg mine tanker og fokuserer på mit åndedrag.

Jeg havde troet, at det ville blive vanskeligt at bringe min bevidsthed 'tilbage' til dette øjeblik, men netop ved at fokusere på, eller rettere sagt, vende min egen kærlighed mod den guddommelige kærlighed, går der kun ganske få sekunder, før jeg er i en følelse af ubetinget kærlighed, hvor jeg oplever mig selv glide fra den guddommelige moder over i 'armene' på den guddommelige fader, der hilser mig velkommen: "Du er," formidler den guddommelige fader. Min bevidsthed er helt ren og tom … så kommer den vidunderlige tanke: "Jeg eksisterer!" Jeg skal nu opleve livet gennem dette gudsaspekt, mit selv. Jeg har dog en fornemmelse af, at jeg har eksisteret før dette øjeblik, blot ikke som mig. Jeg er altså ikke skabt af den guddommelige moder og fader, men er en del af dem, en del som nu har fået sin egen bevidsthed. Det jeg, som nu har fået sin egen bevidsthed, er heller ikke adskilt fra det, jeg var; vi er stadig forbundne og derfor har jeg altid eksisteret.

Jeg ønsker ikke at forlade denne følelse, men jeg glider dog langsom bort og sender med taknemmelighed min kærlighed mod den kærlighed, jeg kommer fra.

Øjnene åbner sig langsomt. Følelsen er en indvendig varme, som matcher Solens varme, der rammer mig gennem vinduesåbningen overfor. Jeg er lykkelig. Jeg er hjemme. Det er stort. Er det alt, hvad der skal til? Er det alt, hvad jeg skal gøre for at møde mine sande forældre? Det er naturligvis ikke en kvinde og en mand, feminin og maskulin, men den guddommelige bevidsthed, der er i os alle.

Efter en stund hælder jeg et glas vand op, rejser mig langsomt og stiller mig ved vinduet, mens jeg drikker. Jeg føler mig tom, men på en god måde. Jeg har fundet fred for en stund. Så dukker Memton op i min bevidsthed. Jeg forlader vinduet, tager endnu et glas vand, drikker ud og forbereder mig på at gå på mit andet besøg til manden med den spidse hat.

Den lille gud

Fællesbevidstheden

Snart træder jeg ud i den nye dags blændende solskin og går i roligt tempo mod templet. Jeg må lige forbi Cantor og tjekke op på forespørgsler og hvad der ellers måtte være, og samtidig informere ham om mine planer for dagen. Jeg har valgt ikke at holde mine møder med Memton hemmelige. Det vil blot gøre det hele vanskeligere og efter som ingen åbenbart kender til, at han har denne viden, vil mine handlinger kunne skabe opmærksomhed omkring det hele. Vi måtte blot have et acceptabelt emne at tale om også.

Det er op på formiddagen, da jeg banker på døren omkranset af den blåmalede bue med stjernerne. Memton åbner: "Jamen god dag, kære Yadar; kom endelig indenfor."

Han holder døren for mig denne gang og jeg går direkte ind i den lille stue. Den spidse hat ligger på samme plads som sidst.

"Vi må have en fælles interesse, som vi kan drøfte," siger jeg og vender mig mod ham.

"Te og vand?" spørger han "Sæt dig endelig ned. Åh, jeg glemte at give dig posen med te, inden du gik i aftes; her er den."

"Ja tak, og tak for teen. Posen må hellere komme i tasken med det samme," siger jeg og åbner min skuldertaske, som nu hænger på ryglænet af den stol, som jeg har sat mig på.

Memton stiller nødder og tørret frugt frem på spisebordet og kommer derefter med en kande vand. Jeg har hentet glas og krus fra hylden over køkkenbordet og sidder nu ved bordet.

Mens Memton forbereder teen, og derfor står med ryggen til ved køkkenbordet, siger han: "Et harmløst, men også plausibelt emne, som har begges interesse? Hvad arbejder du med? Krystaller, energi, drømmeledsagelse?"

"Ja, det er i hvert tilfælde emner, vi kan bruge. Jeg har spørgsmål til livsenergien, godt nok med en vinkel i forhold til den nye viden, som jeg har fået."

Jeg rækker hånden ud efter kanden og hælder vand op til os begge.

Snart gør Memton mig selskab ved bordet, på hvilket han stiller tekanden.

"Jeg vil fortsætte, hvor jeg slap i går, og indføre et nyt begreb, nemlig massebevidstheden eller fællesbevidstheden, altså en bevidsthed, som vi er fælles om. Jeg vil lige indskyde, at selv om hver vores bevidsthed ikke har udstrækning eller form, kan man sige, at den befinder sig i de mellemrum, som er skabt mellem vores tredimensionale verdens bygesten. Vores bevidsthed er så at sige vævet ind i denne verden, men er ikke af denne verden. Når et menneske tænker eller føler noget, bliver dette en del af en fælles bevidsthed. Derfor forstår du også, at fællesbevidstheden indeholder alt, hvad alle mennesker har tænkt og følt og alle vores uskrevne regler, moral, dogmer og forudindtagelser eller tro. Her ligger alle vaner og uvaner, lyster og begær. Ikke nok med, at vi alle bidrager med ingredienser til denne "suppe", vi påvirkes også af den konstant. Det er derfor uhyre vigtigt, at vi gør os klart, hvad der er vores egne følelser og tanker og hvad vi kan give slip på, fordi det ikke tilhører os. Det, du samler op fra fællesbevidstheden, føles lige så stærkt og personligt, som hvis det var dit eget. Du må derfor fastslå, om det, du føler og tænker, ER dit eget eller ej. Du kan kun blive påvirket af noget i fællesbevidstheden, som du kender i forvejen eller er åben overfor, ellers tiltrækker du det ikke."

"Det er du nødt til at forklare lidt nærmere. Hvorfor kan jeg kun blive påvirket af noget, som jeg kender i forvejen eller er åben overfor? Det lyder temmelig mærkeligt."

"Jeg vil svare dig ganske kort, så må det blive uddybet senere. Ser du, det du har erfaret, virker som en magnet på de ting, der er i fællesbevidstheden. Det er det samme som sker, når du ikke er bevidst om systemet og du bliver genfødt. Du bliver født ud i de samme energier, som dit energifelt indeholder. Dette gælder også den anden vej. Nemlig, at du drages mod de samme energier, som du indeholder, når du dør. Hvis du tror, at der intet er efter døden, så ender din bevidsthed i "intet". Her vil du være fokuseret, indtil du opdager, at du stadig eksisterer, selv om du er død. Jeg vil ikke gå nærmere ind i disse ting nu, men vil fortsætte ud af den tråd, som jeg var i gang med. Vi kan senere vende tilbage til dette med tiltrækning."

"Ja, naturligvis. Fortsæt endelig, men vi må sandelig vende tilbage til dette emne om tiltrækning senere."

"Fællesbevidstheden er ikke ensartet, men varierer fra område til område. Hver bydel er forskellig, hver by er forskellig, hvert landområde er forskelligt og så fremdeles. Det er kulturbestemt. Denne bevidsthed forbinder sig til det område, hvor den er skabt, selv om den i sig selv ikke har nogen udstrækning og fysiske egenskaber."

"Jeg forestiller mig det som små skyer "nederst" der løber sammen med en større sky der så igen samles i én stor sky, "øverst" der så er fællesbevidstheden for hele planeten," siger jeg.

"Det er et udmærket billede. Forskellen på fællesbevidstheden og din højere bevidste er, at du, altså det virkelige dig, din bevidsthed, er gudsbevidsthed og har også dennes skaberkraft; evnen til at skabe. Fællesbevidstheden er derimod produceret af menneskehedens personligheder, deres tanker, følelser, frygt og begær. Et primitivt væsen, kunne jeg vel sige."

"Kan den måske betegnes som en kæmpestor personlighed," spørger jeg.

"Ja, bestemt. Det er en menneskelig personlighed uden sjæl. Efterhånden som fællesbevidstheden har vokset sig større og større, føler den sig selv, som et selvstændigt væsen med magt over menneskeheden. Til en vis grad, har denne bevidsthed ret, da menneskeheden netop påvirkes af den. Den føler sig som en gud; som guden over menneskeheden. Det er dog en kunstig bevidsthed uden skaberkraft. Den er skabt af menneskeheden og tilhører denne; ikke omvendt. Det er magtfordelingen. Hvis menneskeheden var bevidst om dette og tog ansvaret for eget liv, ville fællesbevidstheden ikke have nogen indflydelse, ingen magt."

"Det lyder temmelig uhyggeligt, synes jeg."

Jeg får kuldegysninger ved tanken om dette væsen, der har så stor magt over menneskeheden, selv om det er menneskeheden, der selv har skabt udyret, også selv om det er gjort ubevidst. Jeg vil egentlig helst høre mere, men saften fra frugten, vandet og teen har efterhånden fyldt min blære godt op, så jeg må bede Memton om at holde en pause, så jeg kan bringe dette i orden.

"Ja, naturligvis. Jeg har også selv dette behov. Du først. Gå gennem døren der, hen for enden af gangen, så er du der. Jeg lufter lige lidt ud imens."

Han peger på en dør, der er modsat indgangsdøren, der leder til den bageste del af huset. Kort tid efter er jeg tilbage i stuen og så er det Memtons tur. Han er dog hurtigt tilbage og fortsætter, hvor han slap med sin beretning om fællesbevidstheden.

"Det siger sig selv, at lige såvel som du bliver påvirket af fællesbevidstheden, så kan du også påvirke den. Det er her, at det begynder at blive virkelig interessant. Det betyder nemligt, at du kan påvirke menneskeheden med din indsigt og visdom til at højne selvforståelsen, så hvert menneske har det bevidste valg selv at styre sit liv, frem for at lade fællesbevidstheden diktere den. Det enkelte menneske skal dog have en vis modenhed for at kunne drage nytte af visdommen. Det hænger sammen med det, jeg sagde om, at vi tiltrækker det, som vi indeholder. Lad os for eksempel sige, at du skal indeholde halvdelen af visdommen, før du kan begynde at drage nytte af andres visdom og derved accelerere din vækst."

"Jamen, bestemmer jeg som menneske ikke over mit eget liv? Jeg føler bestemt ikke, at jeg styres af noget udefrakommende."

"Beklager, men du bestemmer ikke så meget, som du selv går og tror. Det, du gør i dit liv, er mere en reaktion på det, som du oplever, altså noget udefrakommende. Hvis du selv bestemmer, agerer du; du reagerer ikke. Lad og tage et eksempel, hvor du har en ubehagelig oplevelse. Du føler dig ubehagelig til mode. Spørgsmålet er, om følelsen opstår, fordi du genkender oplevelsen som noget, du har været ude for før med den ubehagelige følelse til følge, eller det er fællesbevidstheden, der kobler ind på din følesans og "overfører" dens egen følelse af situationen. Er episoden egentlig ubehagelig helt objektivt set, eller er det bare følelser, der kommer i vejen, så du ikke ser situationen objektivt? Altså, hvad styrer din reaktion? Hvor kommer det fra?"

"Du giver mig virkelig noget at tænke over."

"Mennesket styres af dets følelser og følelser opstår af tanker og indre billeder. Her må jeg lige gøre en sidebemærkning vedrørende hukommelse. Oplevelser lagres både i hjernens hukommelse og i kroppens hukommelse. Fremkaldelse af oplevelser lagret i kroppens hukommelse opstår ofte som en refleks. Du bruger ikke hjernen til at tænke på en sådan reaktion, det er kroppen, der reagerer uden om dit intellekt. Som du selv har erfaret, er kropsreflekser meget hurtigere end den tænkte tanke, der skal føre til en reaktion. Vi kan faktisk sige, at kroppen har sin egen bevidsthed, men jeg tror, at Janir kan fortælle dig mere om kroppen."

"Jeg vil bestemt spørge hende om kroppens hukommelse, når jeg næste gang får lejligheden til det."

"Det kræver stor indsigt i livets natur at komme ud over dette spil; denne styring fra omgivelserne. Personen må være bevidst og vågen, og være hurtigere end sine mentale og kropslige reflekser. Dette kan kun ske ved at handle som bevidsthed, da bevidsthed, som tidligere nævnt, er øjeblikkelig og derfor er hurtigere end både tanke og kropslig refleks."

"Det at leve virker til at være meget mere kaotisk og omfattende, end jeg havde regnet med."

"Åh, deri tager du fejl. Mennesket ser det som kaotisk og gør det meget besværligt for sig selv. Selv om livet som menneske er opbygget i et komplekst system med mange lag og forbindelser, kan det leves meget enkelt og med megen fylde, hvis man lever bevidst."

Her får jeg en indskydelse til at fortælle Memton om min oplevelse af min egen begyndelse som bevidsthed, som jeg havde haft om natten. Han lytter med stor interesse og nikker af og til, og jeg fornemmer, at han danner nogle indre billeder af fortællingen.

"Det må virkelig have været en stor oplevelse for dig. Det giver mig anledning til at fortælle dig, at du ikke vil bevæge dig tilbage til enheden med denne fader- og moderbevidsthed. Du vil for altid være en enestående og selvstændig bevidsthed." Den længsel, du kan komme til at føle, vil ikke være din længsel efter at blive ét med disse forældre, men din højere bevidstheds længsel efter at blive forenet med DIG, det menneskelige aspekt!"

"Det vil sige, at den søgen efter en gud, som jeg har oplevet på mine "rejser", i virkeligheden er ethvert menneskets søgen efter sig selv, en søgen efter at blive forenet med sig selv. Det betyder så også, at der faktisk ikke ER en højere gud at finde."

"Først, når hvert menneske finder sit selv, går det op for det, at den gud, som det har søgt efter, ikke eksisterer. Det er sin egen gud, kan man sige. Jeg kan forestille mig, at der et øjeblik vil være en skuffelse, som så bliver efterfulgt af en følelse af total frihed og selvstændighed, når denne erkendelse bundfælder sig."

Følelser og emotioner

"Jeg vil kort tale lidt om følelser. Jeg har tidligere nævnt, at følelser er en del af personligheden og ikke af bevidstheden. Dette er igen ikke helt korrekt. Forestil dig, at vi skelner mellem følelser og emotioner, hvor emotioner er det, som personligheden oplever som følelser, hvilket er reaktioner på tanker samt kemi produceret i hjernen, mens følelser er dig som bevidsthed, der sanser. Lige som din krop har fysiske sanser, har bevidstheden også sanser, bare mange flere; faktisk over 200.000. Det er disse sanser, som jeg kalder følelser. En af dem kalder vi ægte medfølelse, hvilket er din ubetingede accept af et andet menneske og dets valg."

"Så emotioner kommer af tanker?"

"Emotioner og tanker er egentlig det samme. Tanker leder til emotioner og disse virker forstærkende på tanker. På den måde kører disse to ting i ring. Begge dele kommer som reaktioner på begivenheder, som sindet oplever i den ydre eller indre verden."

Det er efterhånden blevet over middag og jeg må tilbage til templet og deltage i et arrangement. Jeg takker Memton for hans tid og vise ord og forlader den hyggelige stue, denne gang med teen i skuldertasken. Jeg er ikke meget for at skal ud i middagsheden, men jeg må prøve at holde mig i skyggen det meste af tiden. På vej tilbage kan jeg ikke undgå at tænke på, hvad jeg har fået fortalt.

Det er uhyggeligt, at den fælles bevidsthed, som vi har skabt, i meget stor udstrækning bilder os ind, hvordan vores verden er, frem for at hvert menneske selv til stadighed vælger sit liv. Jeg ser et maleri for mig, malet af fællesbevidstheden. Dette maleri hænges op for næsen af alle mennesker og derefter lever man i troen på, at verden ser sådan ud, ikke kun nu, men også fremover. Et er, at vi ikke fjerner maleriet, men at vi kun sjældent reviderer det.

Emotioner og tanker er altså to sider af samme sag

og de kan til stadighed forstærke hinanden. På den måde kan en oplevelse, der startede en reaktion i sindet, efterhånden komme helt ud af proportioner.

Det hvide land

Det har været en lang dag, men nu har jeg endelig fået mig lagt til rette på min bomuldsfyldte madras. Det har været en varm dag og jeg prøver derfor på at forestille mig en kølig brise mod mit ansigt, mens jeg indånder den kolde luft gennem næsen. Det vil dog ikke rigtigt lykkes for mig, men dette fokus gør dog, at jeg slapper af i tankerne og glider ned i drømmenes dyb.

Jeg befinder mig i et arktisk område, helt hvidt af lysets refleksioner i sne og is. Solen skinner, himlen er blå og farven tynder ud indtil den bliver hvid ude i horisonten og løber i et med det hvide land. Jeg glider ligesom ud af min position som betragter og ind og bliver en person på dette hvide sted.

Jeg fyldes af stor glæde og stolthed. Jeg ser på min lille søn, helt klædt i hvidt bjørneskind. Jeg smiler; han er næsten lige så bred som han er høj. Hans ben ser endnu kortere ud end ellers, når han er pakket ind i alt det skind. Jeg føler en stor kærlighed til livet. Det er det, børn gør. De får os til at føle kærlighed. Det er deres første og største mission i livet.

Slæden er lastet og hundene er utålmodige efter at komme af sted. Jeg går skaglerne efter en sidste gang og tager øjenkontakt med førerhunden, en stor hun. Vi har tillid til hinanden og ved, at det er op til os to, om vi når frem.

Vi skal, sammen med andre, på slæder, trukket af hunde, til samling med andre klaner fra et større område.

Hun kommer foroverbøjet ud af hulen og rejser sig. Hun smiler og jeg fanger ordene i hendes øjne: "Du er stolt og lykkelig og ligeledes er jeg." Hvor jeg dog elsker denne kvinde.

Det er første gang, han skal med på slæden, min førstefødte, men han ved, hvad der skal ske. Han har hørt mange historier i den korte tid, han har været hos os, og jeg ved, at han selv vil fortælle historier om sit liv længe efter, at jeg er draget bort fra dette liv.

Jeg har stadig drømmen i erindring, da jeg vågner. Det var en dejlig drøm, både følelsesmæssigt og som oplevelse af at være i denne specielle, hvide natur. Jeg følte en stor fred, hengivenhed og kærlighed. Det måtte have været et enkelt liv, om end der har været meget fokus på overlevelse.

Under morgenmaden beslutter jeg, at jeg igen vil besøge Memton. Jeg skal dog først i templet og have styr på nogle ting. Heldigvis er der ikke noget videre og jeg kan nå over til Memton, før det bliver alt for varmt.

Ensartethed og ensretning

Jeg sidder igen i Memtons hyggelige rum. Vi har hver en kop te, og jeg sidder blot og venter på, at han begynder sin fortælling.

Efter at have taget en forsigtig slurk af den skoldhede te, tager Memton en næsten teatralsk indånding og begynder at fortælle med en alvorlig stemme.

"Hvad jeg fortæller dig nu, er forbudt viden og derfor dødsens farlig. I begyndelsen af Alt-perioden var der stor variation i mennesketyper både i udseende og størrelse; nogle var meget høje og andre ganske små. De havde udviklet sig gennem Mu-perioden, altså perioden, inden vi udvandrede fra Mu. Efterhånden opstår tanken om at skabe en mere ensartet mennesketype og vi begynder at arbejde på at skabe den perfekte krop. Når jeg ser på menneskekroppen i dag, må jeg sige, at der blev udført et fantastisk godt arbejde, og alt blev justeret ned til mindste detalje, for at opnå den største succes i forhold til de muligheder, der eksisterer her på planeten. Vi er i sandhed skabere."

"Senere begynder det at gå skævt. Det var, da man begynder at justere på hjernekapaciteten for også at skabe de mest intelligente borgere, så de havde de bedste evner at bidrage med til gavn for landet. Dette blev drevet til det ekstreme, da landets elite begyndte at få lavet hjerneindgreb, for at blive overlegne i intelligens i forhold til resten af befolkningen. For at skabe et endnu større skel, blev der lavet hovedbånd af metal og magneter, der skulle kontrollere dele af befolkningen. Denne 'kroning' blev indført som en form for privilegium med forskellige symboler til forskellige samfundsgrupper. Dette blev gjort for at dække over det egentlige formål. Der blev også foretaget indgreb i hjerner med forskellige former for blokeringer for yderligere kontrol."

"Gennem generationer blev disse blokeringer, både dem, der blev påvirket af hovedbåndene og dem med de operative blokeringer, arvelige. Disse justeringer fandt også vej til fællesbevidstheden og alle efterfølgende generationer bliver derfor påvirket af dette. Selv et menneske, der ikke er blevet udsat for hovedbånd eller fysiske indgreb, modtager derfor disse blokeringer også i dag."

Med dette slutter Memton sin beretning og vi sidder længe tavse. Han giver mig god tid til at komme mig over chokket efter disse oplysninger. Og jeg er virkelig dybt chokeret. Herefter tager vi en kort tur ud i gården for at klare hjernen, før vi atter sætter os ved bordet i stuen.

Jeg tager ordet.

"Når verden er moden til visdommen, vil den også finde den, det ligger jo i fællesbevidstheden. Hverken du eller nogen anden behøver at videreføre visdommen fra generation til generation. Slip denne byrde. Den vil blot ødelægge dig."

Memton nikker eftertænksom.

"Problemet er måske, at det netop er blokeringerne, der forhindrer, at visdommen kan bringes ind i menneskets sind. Der må være nogen, der kender til blokeringerne, der skal bringe denne viden ud til verdens befolkning via fællesbevidstheden."

Nu kan jeg bedre forstå hans bekymring. Jeg nikker og begynder nu at fortælle om magnetforyngelsen, som jeg har oplevet i det iskolde rum, langt oppe i bjerget.

Memton siger intet, mens jeg fortæller, men venter med at kommentere, til jeg er færdig.

"Det er meget interessant, at du får indblik i disse ting og at du også i vid udtrækning får svar på dine spørgsmål. Hvem tror du, det er, der kommunikerer med dig?"

"Først fornemmede jeg, at der var mange, der bidrog, men nu mener jeg, at det er min højere bevidsthed, der er den primære stemme."

Memton gnider sin hage.

"De mange kan være livsvisdommen fra mange liv, som du så opfatter som individer."

"Det lyder som en meget plausibel forklaring."

"Hov, vi har helt glemt frokosten. Jeg har noget suppe fra i går og jeg smutter lige over til bageren efter et brød. Suppen er der i krukken og du kan tage gryden der. Du kan måske også gøre bordet klar?"

"Ja, bestemt. Jeg ved jo efterhånden hvor tingene er."

Mens Memton går efter brødet, får jeg sat suppen over og dækket bord.

Det varer ikke længe, før han er tilbage i en duft af

nybagt brød.

"Her er brødet. Mens jeg gik tilbage fra bageren, fik jeg lyst til et glas vin til suppen. Hvad siger du?"

"Åh, det lyder dejligt. Jeg sætter et par glas mere på bordet."

Memton henter en krukke hvidvin i kælderen og snart sidder vi og nyder måltidet.

Energi

Memton spilder ikke tiden, så da vi er nået godt ind i måltidet, forklarer han mig om energi.

"Energi er ikke liv, så vi kan ikke tale om livsenergi. Energi er byggesten for det, som bevidstheden skaber. Der bygges ved, at energien fortæller, hvad den fremtræder som. Tag for eksempel kanden her. Den fremstår med en form, en hårdhed og en overflade samt andre egenskaber, som for eksempel tendensen til at gå i stykker, hvis den tabes. Det er den samme energi, der har skabt vandet, men med helt andre egenskaber. Kanden og vandet er skabt af bevidstheden og begge dele har selvbevidsthed og er bevidst om det, som de hver især er i umiddelbar kontakt med."

"Er det ikke pottemageren, der har lavet potten?"

"Jo, og pottemageren er også bevidsthed og leret er en del af planeten, der også er blevet skabt."

Livsenergi

"Hvad med opladningen af energi i kroppen ved hjælp af krystallejet i pyramiden?" spørger jeg.

"Det er den begrænsede, menneskelige bevidsthed, der ønsker energien i kroppen og denne er ikke særlig effektiv på grund af dens begrænsning. Begrænsningen opstår på grund af den manglende forståelse af energi og hvordan bevidstheden fungerer."

"Hvad er så din kommentar omkring min drøm om foryngelse af kroppens celler ved hjælp af magneter i forhold til energi?"

"Foryngelsen foregår eller foregik med en dybere forståelse for det at skabe. Magneterne bragte egenskaberne i de unge celler til de degraderede celler, der så brugte denne information ved celledelingen."

Memton hælder mere vin i glassene inden han fortsætter.

"Det, der sker i krystallejet i pyramiden er kun en opladning og ikke en forandring af cellerne. En transfusion af et ungt menneskets blod vil efter min mening faktisk have en større effekt."

Memton kommer med en sidste bemærkning inden jeg forlader ham: "Vi kan ikke have en dekadent elite, der kan opretholde deres magt ved at have et langt og sundt liv. Derfor er det af største vigtighed, at det, vi taler om, ikke bringes videre. Dette betyder også, at vi ikke selv kan bruge denne viden."

Et naturvæsen som menneske

Her er en oplevelse, som jeg vil dele med dig.

På et tidspunkt støder jeg på en ældre kvinde, der er meget rigid i sin opfattelse af, hvad der er rigtigt og forkert. Ikke kun når det gælder moral, men også generelt med, hvordan tingene skal udføres i det daglige. For hende er der kun én rigtig måde at gøre tingene på og hun kan reagere meget voldsomt, hvis dette ikke følges. Ja, det virker faktisk, som om det volder hende smerte at se noget blive gjort 'forkert'.

På et tidspunkt går det op for mig, at jeg meget vel kender hende fra en anden tid. Da jeg er nysgerrig omkring dette, spørger jeg en aften i en meditation ind til årsagen til hendes reaktioner.

"Hun er oprindelig et naturvæsen," lyder svaret.

Da jeg ikke forstår dette begreb, må jeg spørge ind til dette. Jeg får et længere svar, som jeg gengiver nedenfor.

Naturvæsner bebor planeten ligesom mennesker, men mens mennesket generelt er vokset bort fra sit tætte bånd til planeten, lever naturvæsner i tæt kontakt med naturen. De sanses normalt ikke af mennesker og er derfor også usynlige for jer. Det har dog ikke altid været sådan, men da menneskene er meget dominerende og destruktive, voldte de naturvæsnerne megen smerte, så disse bad om at måtte blive flyttet fra menneskenes verden. Dette ønske blev indfriet af de højere 'magter' ved at naturvæsnerne blev flyttet lidt bort fra det menneskelige bevidsthedsområde. Faktisk som det, du selv arbejder med.

Naturen fungerer efter meget bestemte regler, og da naturvæsnerne lever så tæt med naturen, ligner deres regler for livsførelse meget naturens. Selv om naturen er mangfoldig og eksperimenterende, er der stadig grundlæggende regler, der følges.

Kvindens sjæl havde altid været genfødt som naturvæsen; både som kvinde og mand. I de seneste liv, i tiden efter at naturvæsner var blevet skilt fra menneskeheden, havde hun været meget frustreret over menneskets forfærdelige opførsel og levevis og hun havde adskillige gange beklaget sig over dette, både i livene og overfor hendes mester efter et liv.

"Hvorfor kan menneskene ikke lære at behandle hinanden og naturen med kærlighed?" spørger hun sin mester kort efter at være vendt tilbage fra et liv på Jorden. "Der må dog kunne gøres noget!" siger hun fortvivlet.

Mesteren svarer, at menneskeheden efterhånden vil modnes og finde kærligheden til alt inklusive naturen, men hun må have tålmodighed. Normalt er naturvæsner tålmodige, men dette væsen vendte tilbage igen og igen med den samme frustration, så mesteren foreslog 'hende' at hun kunne blive genfødt som menneske, for kun gennem et andet menneske kunne de 'blinde' vendes mod kærligheden.

"Aldrig i noget liv vil jeg være menneske!" svarede hun med foragt hver gang forslaget blev præsente-

84

ret. På et tidspunkt havde tanken dog slået så meget rod i hende, at hun til sidst indvilgede i at forsøge … hun vidste lige præcis hvad hun ville gøre … "og de må kunne tage mod sund fornuft!"

Et er imidlertid at være en højere bevidsthed med sit fulde potentiale; noget andet er at være inkarneret med kun en meget lille del af denne bevidsthed og befinde sig i verdens 'tyngde' som et menneske. Så da hun inkarnerede, glemte hun naturligvis det meste af, hvad hun havde sat sig for, men forfulgte dog gennem flere inkarnationer et dybtfølt ønske om at undervise menneskeheden i 'korrekt livsførelse'. Hun følte, at det hun oplevede som menneske, var forkert, men kunne samtidig ikke forstå, hvorfor hun reagerede så kraftigt, og følte, at hun ikke kendte sig selv, når hun kort tid efter så tilbage på en begivenhed, som havde bragt hende ud af fatning.

Nu gav det mening for mig, og jeg var klar med mit næste spørgsmål.

"Jeg føler en meget stor respekt eller hengivenhed overfor dette menneske, som om jeg har kendt hende tidligere. Kan jeg få noget at vide om dette?"

"Du har haft flere liv i det du kalder Det Hvide Land, og i et af disse liv er I mand og kone, hvor du var kvinden i dette forhold. Din mand ofrer alt for familien, skaffer føde og beskytter den, men han er også meget hård og krævende. Du ser, at han gør alt, hvad han kan, for familiens overlevelse og ser hans hårdhed som en nødvendighed for denne overlevelse. Du nærer derfor en stor hengivenhed

og hvad du vil kalde kærlighed til din mand, selv
om du også er bange for ham."

Drømmeledsagelsen

Jeg har mødtes nogle gange med Janir og Jacor, hvor vi havde fokus på Jacors overgang og drømmeledsagelse og alle detaljer er nu kommet på plads.

Det kan være svært for udenforstående at forstå, hvorfor Jacor har valgt at forlade Janir, den kvinde, som han har kendt i stort set hele sit liv. Det kræver et dybere kendskab til parret og de bånd, der er mellem dem. Selv døden vil ikke kunne bryde disse stærke bånd. Jeg må indrømme, at jeg selv har måttet arbejde med at acceptere Jacors beslutning om at drage mod, som han siger: "… noget større som jeg forenes med og hvor jeg igennem dette større kan bidrage på utallige måder til at forbedre livet på planeten. Janir og jeg har altid været og vil altid være forbundet. Bare det at tale om, at vi skal mødes IGEN, virker absurd, eftersom vi ikke skilles."

De to har altid fuldt ud accepteret hinanden, hvilket også gør, at Janir, som den vise kvinde hun er, har kunnet acceptere sin livsledsagers beslutning om at forlade den fysiske verden.

Optakten til drømmeledsagelsen starter aftenen før med en fest for og med Jacor. Kun få og meget nære venner er inviteret og med fokus på glæde og fornyelse, er vi sammen denne aften.

Jeg og de få gæster overnatter hos Janir og Jacor og næste morgen fortsætter forberedelserne til den egentlige drømmeledsagelse.

Hele natten har Jacor været omgivet af lys, toner og dufte, der får ham til at slappe af og bringe ham i en stemning af tilfredshed og med en følelse af, at alt er, som det skal være. Maden, som han indtog under festen, var forberedt til at have samme virkning. Efter morgenmåltidet bliver hans krops yderside behandlet med olier af forskellig art. Dette får også kroppen til at føle sig tryg og villig til separationen fra den bevidsthed, der har 'beboet' den gennem hele dens eksistens. Kroppen skal føle sig æret, på samme måde som den bevidsthed, der om kort tid skal forlade den. Jeg som troede, at jeg vidste alt om drømmeledsagelse, har virkelig lært meget i løbet af utrolig kort tid. Jeg har fået et helt andet syn på processen. Som jeg nu ser det, er kroppen en selvstændig skabning, men dog til dels styret af bevidstheden.

Janir og jeg har holdt den dybe kontakt med Jacor siden aftenen før og med de andre personer, som støtter, der dog ikke deltager i ledsagelsen, begynder vi sammen med Jacor at fokusere på det drømmelandskab som jeg, ud fra Jacors ønsker, har skabt og vedligeholdt til formålet.

Jeg fornemmer en glad forventning og en vis spænding, da vi vandrer ad den sti, der er lagt gennem landskabet. Store åbne vidder med nogle ørne der kredser højt oppe over vores hoveder, bjerge hvoraf nogle har sne på toppen og nogle med vandfald, dale med en hyggelig lille landsby her og der, grønne bakker med skiftende bevoksning, brusende floder med springende laks, en klukkende bæk med svirrende insekter, masser af farver og masser af lys og dufte. Nu vil du måske tænke, at vi ikke orker at gå gennem hele dette storslåede landskab. Det vil tage mange dage og være frygtelig udmattende. Sådan er det dog ikke. For det første er der ingen tid her, da vi er her som bevidstheder. For det andet kan du forestille dig, at vi svæver gennem landskabet og kan øjeblikkeligt komme fra et sted til et andet. Det er virkelig som at bevæge sig i en drøm.

Den glade forventning skifter efterhånden til en utålmodighed fra Jakors side, og vi nærmer os hastigt stedet, hvor Janir og jeg må lade Jacor fortsætte uden os, nemlig Blomsterbroen. Herfra hvor vi befinder os, ligner det faktisk en bro, helt af blomster i alle tænkelige farver. Et meget betagende syn. Da vi kommer nærmere, ser vi, at broen mere er et flimrende energifelt, der strækker sig bort fra os. Jacor går nu et halvt skridt foran os, men stadig med mig på hans venstre side og Janir på hans højre. Vi standser alle tre og Jacor vender sig mod os. Han er ét stort smil; han er lykkelig som et lille barn. Der er ingen tanker, ingen sansning og den eneste følelse er lykken i den ubetingede kærlighed til alt. Vi lader denne følelse bevæge sig mellem os, indtil Jacor vender sig mod broen og begynder sin færd over den. Han ser sig ikke tilbage. Det er, som om han helt har glemt os. Ikke på en negativ måde; hans fokus er nu helt og holdent på det, han nu længtes mod. Janir og jeg bliver stående ved broen en stund, før vi langsomt drager ud mod den ydre verdens bevidsthed.

Efter Jacors ønske bliver hans krop ikke balsameret, men efter tre døgn brændt og asken kastet i havet, for hurtigst mulig igen at kunne indgå i planetens cyklus. Der finder en kort ceremoni sted for at ære kroppen og planeten, men ikke Jacor; kroppen er jo ikke ham.

Den følgende tid kan vi fornemme Jacors tilstedeværelse. Ikke som en længsel eller en sorg, men mere som en indikation af, at bevidstheden bag Jacor fortæller os, at alt er vel.

Det andet folk

Efter Jacors overgang og på grund af mine samtaler med Memton, føler jeg, at jeg er kommet tættere på Janir. En morgen, så tidligt, at det endnu er en smule koldt i mit arbejdsværelse, kommer Janir på besøg, meldt af Cantor. Hun ser alvorlig ud, men ikke som om der er noget alarmerende. Jeg kan ikke helt tyde det.

Vi sætter os overfor hinanden og hun siger: "Jeg har talt med Memton og vi har besluttet, at jeg skal indvi dig i nogle af de dybe hemmeligheder, som jeg er bærer af."

Jeg må have set ud som et stort spørgsmålstegn, for hun fortsætter: "Ja, jeg er også en af de indviede, der lige som Memton bærer visdom videre op gennem tiden."

Der er en kort pause, hvor jeg tænker igennem, hvad jeg egentlig ved om Janir. Hun ved meget, specielt om naturen, men jeg har aldrig haft det indtryk, at hun havde kendskab til forbudt visdom. Med forbudt visdom mener jeg visdom, der ikke må deles med uindviede. "Javel," siger jeg, uden at kunne forme yderligere sætninger, der beskriver de mange følelser og tanker, der svirrer rundt i min bevidsthed.

"Jo, ser du," fortsætter Janir. "Du mangler et samlet billede af menneskets historie fra begyndelsen på denne planet, og den viden har jeg. Dette er nødvendigt for dig, for ellers vil den viden, som du indtil nu har samlet, blot svæve rundt for sig selv uden et ankerpunkt. Det vil betyde, at den vil have en tendens til at blive segmenteret, altså falde fra hinanden og stykkerne vil så hægte sig på mindre lødige forestillinger i fællesbevidstheden."

"Det lyder meget fornuftigt, eftersom vi alle påvirker og påvirkes af fællesbevidstheden," siger jeg eftertænksomt.

"Memton har givet dig oplysninger om bevidsthed. Derfor har du også forstået, at vi er bevidstheder, sjæle, og ikke mennesker. Vi er dog sjæle, der har valgt at inkarnere og opleve og udvikle os gennem menneskekroppen og det fysiske liv."

Janir bliver tavs og sidder og stirrer frem for sig i et stykke tid. Jeg føler ikke, at jeg skal stille spørgsmål eller i øvrigt foretage mig noget, så jeg sidder blot stille overfor hende og venter på, at hun fortsætter.

Lidt efter bryder hun stilheden og smiler til mig.

"Jeg måtte lige finde ud af, hvad og hvordan jeg skal præsentere det for dig, men nu tror jeg, at vi kan gå videre."

"I starten af menneskeevolutionen her på Jorden blev der skabt mange forskellige kroppe at inkarnere i. Til at begynde med var disse kroppe mindre kompakte og det var let at bringe sjælen ind i disse kroppe. Langsomt, efterhånden som vi bliver påvirket af planetens kompakte fysik og livet på Jorden i det hele taget, bliver vores kroppe også tungere. Denne tyngde trækker os efterhånden længere bort fra bevidstheden om, at vi faktisk ER bevidstheder og ikke personligheder i fysiske kroppe."

"Du taler om menneskeevolutionen på Jorden. Er
der, eller har der været andre menneskeevolutio-
ner andre steder?" Spørger jeg.

"Ja, dette er den femte evolution i dette univers,
men det ligger udenfor, hvad jeg har valgt at tale
om her, stort set. Det kan komme på et senere tids-
punkt. Lad mig nu fortsætte."

"Ja, naturligvis. Undskyld."

Jeg rækker ud efter kanden med saft. Janir nikker,
da jeg bevæger kanden hen mod hendes glas. Jeg
hælder op til os begge.

"Der er på et tidspunkt treogtyve menneskearter,
ikke racer, som vi kender i dag, men arter. Ved ind-
griben fra det sted, hvor vores forrige evolution
blev fuldendt, blev der udvalgt én menneskeart,
der modtog koder af denne evolution for at frem-
me mulighederne for udvikling. Imod naturens
almindelige lov om evolution, er vi i dag kun én
fysisk menneskeart af betydning, selv om denne
art indeholder mange racer, som bedst kendes på
forskellige hudfarver og kropsform, selv om også
andre ting er forskellige."

"En anden menneskeart har valgt en ikke-fysisk
evolution, med fokus på andre ting end os i den
fysiske evolution. Vi bebor den samme planet og
stort set de samme steder, men Sjii, som jeg vil kal-
de dem, har deres bevidsthed i et andet frekvens-
bånd, og er derfor ikke synlige for den fysiske
menneskerace. Man kan dog sige, at vi er brødre og
søstre, da vi som bevidstheder stammer fra samme
sted, selv om bevidstheder, som du ved, ikke har et
fysisk sted, de kommer fra. Til at starte med, i den

mindre fysiske tilstand, levede vi side om side, men efterhånden, som vores art blev mere og mere fokuseret i det fysiske, forsvandt vores fornemmelser for Sjii, der bibeholdt deres lethed, ved simpelthen at fravælge liv i en fysisk krop. Sjii's kroppe forblev æteriske. Samtidig kan man sige, at Sjii trak sig bort fra deres fysiske brødre og søstre, da disse på alle måder blev meget "tunge" og "dyriske". Dette med det tunge og dyriske er der ikke noget forkert i. Det er blot en del af at opleve den fysiske evolution. Det er mit håb, at Sjii og vi på et tidspunkt kan mødes og leve sammen til planetens bedste, og drage fordel af hinandens livsvisdom, hentet fra de mange liv i henholdsvis fysisk og ikke-fysisk inkarnation. Jeg kan også tilføje, at dette er femte gang, at livet er startet forfra på denne planet. Dette skete, for at livet kunne få de bedste muligheder for succes."

Det, som Janir fortæller, åbner helt bogstaveligt, en ny dimension i min forståelse af livet og dens udvikling. Jeg kan forstå, at livet er 'startet op' flere gange her på planeten, og de bevidstheder, altså os, har haft en udvikling et andet sted i universet. Jeg er spændt på, om jeg kommer til at opleve noget fra liv andre steder end her på planeten i mine ikke-fysiske rejser.

Jeg kigger ned i kanden og konstaterer, at vi er løbet tør for frugtsaft. Cantor er åbenbart ude på et af sine mange ærinder, så jeg foreslår Janir, at vi holder en lille pause.

"Det er en rigtig god idé. Det er anstrengende for mig at være så mental i længere tid og du har også brug for lidt tid til at få styr på de ting, som jeg har fyldt dit hoved med. Lad os gå en lille tur og se, om vi ikke støder på noget saft eller måske frugt. Det vil være dejligt."

På vores tur i den nære omegn af templet får vi fat i både dadler, figner, bananer og ananas. Derudover får jeg fyldt kanden med blandet frugtsaft. Vi får også brug for koldt vand, men det har vi masser af i templet. Det er bare at bede om at få det bragt op fra brøndanlægget under templet. Jeg har med vilje valgt ikke at have en serviceaftale om vandudbringning, da jeg bliver distraheret i mit arbejde af de bude, der dukker op i tide og utide for at tjekke, om der skal fyldes vand på kanderne.

Mens vi går herude i middagsheden, lover jeg mig selv, at jeg vil tage på badehuset i aften, hvor jeg kan få alt sveden og støvet vasket af og så slutte med et køligt bad, så jeg har lettere ved at falde i søvn, når jeg kommer tilbage. Jeg har selv et badekar, men i aften bliver det altså badehuset.

Det meste af turen foregår i tavshed. Jeg oplever en stor fred ved blot at være sammen med Janir. Det bliver på en måde helt naturligt for mig, bare at nyde at være i nuet og tage mod livet, som det nu måtte komme. At kunne slappe af i livet, kan man sige. I dette øjeblik får jeg tanken, at det vel er sådan, jeg burde leve. Åh, det dumme ord, burde, dukker alt for ofte op i mine tanker og er roden til dårlig samvittighed.

Vi kommer tilbage til templet. Cantor er tilbage, og jeg beder ham om at ordne frugten og sende bud efter noget vand. Frugtsaften tager vi med ind i arbejdsværelset. Jeg beslutter at fortælle Janir om naturvæsnet der, efter mange overvejelser, valgte at inkarnere som menneske. Her må nævnes, at naturvæsner ikke er det samme som væsner i naturen som for eksempel dyr og insekter.

Jeg har lige afsluttet min fortælling, da Cantor kommer med frugten og vandet. Da han igen har forladt os, svarer Janir: "Jeg vil prøve at give dig et enkelt billede af dette meget komplekse emne. For at kunne gøre det, må jeg nødvendigvis gentage noget af det, som sikkert allerede er blevet fortalt dig af Memton. Det må du prøve at bære over med."

"Lige så vel som mennesket er en inkarneret bevidsthed, så er naturvæsner også bevidstheder, der lever på Jorden. Naturvæsner har egentlig ikke brug for en krop, men har dog en tendens til at tage skikkelse efter de gamle racer før ensretningen. De er hjælpere til menneskeheden, og har det hverv at sørge for, at naturen kan bistå mennesket i dets liv på Jorden. Her er altså tale om to forskellige grupper af bevidstheder: Bevidstheder, der inkarnerer som mennesker, og bevidstheder, der er naturvæsner, men lever et liv på et andet plan, end vi mennesker og sørger for, at alt i naturen fungerer efter naturlovene."

"Kan jeg have været inkarneret som naturvæsen?"

"Det er ikke sandsynligt. Det er også yderst sjældent, at naturvæsener inkarnerer i menneskekroppe eller den anden vej rundt, at en menneskesjæl inkarnerer som et naturvæsen. Husk, at det handler om bevidstheder med specifikke arbejdsområder og ikke kroppe med bevidstheder, hvis du kan se forskellen. Vi kan sige, at det er en form for ar-

bejdsdeling. Kun når en natursjæl kan have udbytte af det, eller har en speciel opgave, vil det være i
orden, at den inkarnerer som en menneskesjæl gør
det, nemlig i en menneskekrop. Husk, at det er bevidsthederne i naturen, der arbejder for de inkarnerede menneskesjæle."

"Mennesker, der arbejder meget med naturen eller
som generel er følsomme ud i disse vibrationer, kan
få en fornemmelse for de bevidstheder der arbejder
der. Det vil derfor også være sådanne mennesker,
der vil kunne opdage en natursjæl i en menneskekrop. Naturmennesket vil agere anderledes end et
'almindeligt' menneske, og ofte tage skikkelse efter
de gamle racer før ensretningen, men dog ikke så
forskellig i udseende, at det vil vække opsigt."

"Da naturen, som du også har fået fortalt, fungerer efter meget strikte regler, er der højere bevidstheder, der administrer disse regler, og som derfor
sørger for, at de bevidstheder, der er tættest på naturen og som sørger for de praktiske ting, følger
disse naturregler. Vi kan kalde dem devabevidstheder."

Jeg kommer i tanke om, at jeg mangler at få svar på
et spørgsmål.

"Mens jeg husker det, skal jeg spørge dig, om kroppen har en hukommelse."

Janir svarer: "Ja, bestemt. Det er forskelligt, hvor
meget der bliver samarbejdet med hjernen, for der
er også hukommelsesceller andre steder i kroppen
end i hjernen. Det er på den måde, at du kan træne
den op til at blive god til bestemte ting og reagere
instinktivt, for eksempel når du fægter. Du har jo

ikke tid til at tænke dit udfald igennem. Kroppen gemmer også på traumatiske oplevelser."

Janir vil gerne videre med de ting, som hun har planlagt at fortælle mig.

"Jeg vil nu fortælle dig lidt om de tidligste tider med hensyn til befolkningen af planeten. Den første æra, som vi kalder Lemurien, startede for 500 millioner år siden. Dette med, at angive tidspunkter og perioder er ikke mulig i praksis. Ikke så det bliver nøjagtigt. Dette er fordi tiden ikke er lineær, men varierer. Man kan siger, at tiden somme tider går langsommere og til andre tider, hurtigere. Det afhænger af fællesbevidstheden. En høj bevidsthed får tiden til at gå hurtigere, mens en lav bevidsthed får tiden til at gå langsommere."

"Men et Solår er vel et Solår?"

"Ja, men den visdom, som bevidstheden kan 'producere', varierer, så et år vil opfattes forskelligt i forskellige perioder."

"Jeg kan på en måde god forstå det, men på en anden måde virker det ulogisk."

"Du har helt ret, men nu er det sådan, at Universet influeres af bevidsthed. Vi kan sige, at de logisk/mentale formler til stadighed ændres af bevidsthed."

"Åh, så tror jeg, at jeg er med. Værsgo at fortsætte din fortælling."

"I begyndelsen var de fysiske skabninger, som vi inkarnerede i, tvekønnet. De kunne altså få afkom uden en parter. Nogle var så små som insekter mens, andre var kæmpestore. Der var mange arter og de var meget forskellige. Nogle lignede for eksempel fisk, mens andre lignede hunde. Senere skete der en deling og arterne havde derefter to køn."

"Vi startede altså med at inkarnere i dyreriget."

"Netop, og da vi ikke var vant til det fysiske var det lettere at færdes i vand og de nogle af de første dyr var delfiner."

"Det giver fint mening."

"Vores egen æra, Alt-æraen, startede for 500.000 år siden. Her begynder vi at standardisere vores værtskroppe og vi ender med arter med nogenlunde samme udseende, evner og mental kapacitet. Der blev arbejdet på fysikken og det mentale, men man forstod ikke den åndelige del. I starten var der en del prototyper og der blev justeret i DNA'et i sæd- og ægcellen. Langt senere tog andre justeringer overhånd på grund af magtbegær, men det ved du allerede."

"Ja, men det er dejligt at få flere brikker på plads, så tingene hænger sammen."

Janir rejser sig og forbereder sig på at gå.

"Dette er nok for os begge i dag. Jeg skal tilbage til mit arbejde og du har uden tvivl også noget, du skal have ordnet. Det er dejligt at have endnu en at dele tingene med, men jeg ved ikke, om det nogensinde vil blive brugt."

"Åh, det må vi håbe. Livet og menneskeheden kan ikke fortsætte på denne måde, styret af dekadente ledere."

Jeg bukker til farvel og Janir er hurtig ude af værelset.

I dialog med naturen

Efter at Janir har fortalt mig om naturen og naturånderne, bliver jeg opmærksom på det største træ udenfor min bolig. Efter som alt i naturen er underlagt bevidstheder, der følger naturens love og sørger for, at der bliver taget hånd om alt, har jeg gjort det til en vane at hilse på det store, gamle træ. Ofte går jeg hen og lægger en hånd på dets ru bark, for at hilse på en mere fysisk måde. Jeg gør det med en anerkendende tilgang, hvormed jeg siger, at jeg anerkender livet i træet og livet i mig, og vi har begge betydning. Det giver mig en følelse af fred og harmoni. Er det træets naturånd, jeg føler, når jeg føler fred og harmoni?

I den senere tid har jeg haft problemer med, at der kommer mange myrer ind i min bolig. Til at begynde med er der kun få, og de gjorde ikke meget væsen af sig, men på et tidspunkt kommer der flere og det begynder at gerere mig. Jeg beslutter mig derfor for at kommunikere med myredevaen, den bevidsthed, der har ansvaret for myrerne, for på den måde at lave en aftale omkring deres færden i min bolig. Jeg sætter mig i min gode stol, lukker øjnene og kontakter devaen. Den fremtræder som et myrehoved mod en hvid baggrund, og jeg hilser først og kommunikerer så, at jeg ønsker at myrerne holder sig ude i haven, for eksempel i stengærdet tæt ved huset. Jeg takker derefter for devaens forståelse, bukker og afslutter seancen.

Det ser ud til, at mit ønske er blevet hørt, for de næste dage ser jeg ingen myrer i boligen. Der går omkring otte dage før myrerne begynder at dukke op igen og jeg må igen kommunikere mit ønske til myredevaen. Myrerne forsvinder efterfølgende og der går igen omkring otte dage, før jeg ser dem løbe langs væggene. Jeg må dermed erkende, at det ikke er muligt at lave en længerevarende aftale med myrerne, men jeg ved bare ikke, hvad jeg så skal gøre.

I løbet af den kommende nat oplever jeg, at det store, gamle træ udenfor min bolig, ja faktisk lige udenfor mit soveværelse kontakter mig. Den bringer budskabet: "Bed myrerne om at komme ud til mig, så vil jeg tage mig af dem." Det blev ikke formidlet med ord, men det var det budskab jeg blev bevidst om. Jeg er meget overrasket. Jeg har aldrig hørt om nogen der er blevet kontaktet af et træ, men jeg takker naturligvis for tilbuddet.

Da jeg næste dag vågnede og havde rystet nattens mathed af mig, kontaktede jeg igen myredevaen.

"Jeg er blevet kontaktet af træet udenfor vinduet. Det foreslår, at myrerne i huset flytter derud og bor, så vil det tage sig af dem. Jeg beder dig derfor tage kontakt til træets deva, så I kan lave en aftale."

Jeg afslutter med en følelse af ærbødighed. Det bliver altså en aftale mellem to devaer og ikke mellem menneskebevidsthed og deva.

Der går nogle dage og jeg ser ingen myrer i boligen. Når jeg passerer træet hilser jeg altid på det og takker for hjælpen. Der går vel fem dage uden myrer, og da jeg kommer til træet en eftermiddag, opdager jeg, at der nu er kommet en lille myretue i græsset tæt ved stammen. Jeg sender igen min taknemmelighed til træet og glæder mig over, at der nu er kommet en varig løsning. Jeg er samtidig rørt over, at et naturvæsen vælger at kontakte mig og bruge tid og energi på at hjælpe et menneske, når jeg tænker på, at mennesker generelt ikke har den store forståelse for naturen, selv om det er den, der bidrager med alt, hvad vi har brug for, ikke bare for at overleve, men for at kunne leve godt.

Nu har jeg også lært, at aftaler med naturen skal vedligeholdes, måske en gang om ugen, og det er vel kun rimeligt, at aftaler med mellemrum tages op til revision. Havde jeg derfor valgt at kontakte myredevaen hver ottende dag, ville jeg sandsynligvis også være uden myrer i huset. Jeg føler mig meget beæret over at være en del af dette for de fleste menneskers vedkommende hemmelige liv.

Efter denne oplevelse har jeg benyttet muligheden, for kommunikation, hver gang jeg er stødt på en blodtørstig myg, når jeg skal sove og det virker. Det foregår på følgende måde. Jeg kontakter myggedevaen og siger, at jeg vil lade myggen få ét stik, for eksempel på oversiden af en finger, til gengæld for at få fred for myg, resten af natten. Jeg vil under ingen omstændigheder stikkes i hovedet. Så lægger jeg mine hænder med håndryggene opad, så de er lette at komme til, og i løbet af få øjeblikke hører jeg en summen og mærker en myg lande på en finger. Kort efter føler jeg et stik og efter et lille minuts tid, fornemmer jeg, at myggen svirrer ud i mørket. Jeg er aldrig blevet forstyrret efter et sådan besøg, og næste dag har jeg kunnet se et lille myggestik på fingeren. Der bliver aldrig nogen voldsom hævelse og kløe.

Min bolig ligger tæt på en lille jordhøj. Her søger jeg ofte hen, når jeg må væk fra forstyrrende tanker og finde ro ved at få et andet fokus. Højen er beklædt med græs og lav beplantning, hvis farvespil ændrer sig hen over året. Der er samtidig en lille samling af unge træer, hvoraf nogle er frugttræer. Der er også bær af forskellig art hen over året. Et sted rager der nogle klippeblokke op af højens jord, og her plejer jeg at sætte mig, med ryggen mod vinden og betragte det omliggende landskab og himlen over mig. Her kan jeg åbne alle sanser, så også naturens lyde og dufte blander sig i den samlede symfoni. Dette fjerner min opmærksomhed fra dagligdagens tankemylder og selvopfundne bekymringer.

Da jeg netop en dag sidder på klippen øverst på højen med lukkede øjne og sanser naturen omkring mig, hører jeg en svag prusten bag mig. Jeg åbner øjnene, drejer langsomt hovedet og opdager en ung hjort stå ganske tæt på og nippe blade af et ungt træ. Det var tydeligt, at den blot ville gøre mig opmærksom på, at den var der, så jeg ikke skulle blive forskrækket ved pludselig at skulle opdage den. Jeg sender blot et 'hej' i mine tanker og vender så hovedet bort igen. Den skulle have lov til at spise i fred, lige som den lod mig sidde i fred på 'min' klippe. Lidt efter forsvinder den mellem træerne. Det var en dejlig, livsbekræftende oplevelse, der falder godt i tråd med min oplevelse med træet, myrerne og myggene.

Jeg er blevet opmærksom på, at jeg ofte nynner en bestemt melodi, når jeg går til og fra den førnævnte høj. Det er ikke en kendt melodi, men bare noget jeg har fundet på. En dag får jeg en fornemmelse af, at det er en melodi jeg nynner sammen med de naturvæsner, der er omkring højen, og jeg ser den nu som en indledning til en kommunikation med disse væsner.

En dag spørger jeg, om der er noget jeg kan hjælpe dem med og får det svar, at jeg som menneske lettere kan kommunikere til menneskenes fællesbevidsthed i området, end de kan. En af de ting, som de gerne ser gjort noget ved, er de mange sten, der ligger på de dyrkede marker i området. Det virker rodet, og stenene er i vejen for dem, der dyrker jorden og vedligeholder jord og planter. Jeg vælger derefter at sætte mig på klippen på højen og sende følgende tanke ud i fællesbevidstheden: "Der skal ryddes op på markerne. Stenene forstyrrer arbejdet og harmonien i området." Jeg kan så håbe, at mennesker fanger denne tanke som deres egen, og går i gang med oprydningen. Til min store overraskelse ser jeg allerede næste morgen tre mænd med en vogn bevæge sig hen over markerne og samle sten op. De fortsætter faktisk hele dagen, kun afbrudt af hvil indimellem.

Efter Janirs fortælling om Sjii, bliver jeg klar over, at det faktisk er Sjii, der bruger melodien til at skabe en bevidsthedsforbindelse til mig. Det mærkelige er nemlig, at jeg ikke kan huske melodien, hvis jeg bare ønsker at nynne den. Det er kun, når der skal skabes kontakt, at den dukker op hos mig, og jeg samtidig føler den kærlighed, der strømmer mellem os. Ofte er der ikke nogen mental kommunikation, men blot en følelse af samhørighed og erkendelse af vores eksistens. Det er altid herlig befriende at få kontakt, og jeg føler altid en glæde, ja af og til en lystighed i dette møde, som i en dans i glæde.

På rejse gennem landet

Her får du endnu en beskrivelse af en natlig oplevelse, der bestemt ikke føltes som en drøm.

Det er ulideligt varmt og tørt, knastørt. Støvet hvirvles op af mine hurtige trin på den smalle sti i det åbne landskab. Det tørre, stive græs har for længst glemt, at der er noget, der hedder vand, og jeg længtes selv usigeligt efter regntiden, mens jeg styrer mod et punkt i det fjerne, hvor jeg håber, der stadig kan findes vand.

Det eneste klæde, som jeg har på, er et stykke skind, der hænger ned foran og dækker for mine kønsdele. Det giver en vis beskyttelse mod den vegetation, som jeg vader igennem på min vej. Jeg har en stav i min venstre hånd. I lang tid har der ikke været noget vildt at skyde, så da jeg ikke havde flere pile, lod jeg min bue tilbage, men beholdt strengen. Bue og pile kan jeg hurtigt lave, når jeg får brug for disse igen. I øjeblikket må jeg leve af, hvad jeg kan grave op af jorden. Det kræver erfaring at finde rødder, insekter og krybdyr.

Når jeg rejser gennem landet, følger jeg energiens strømme. Den Store Moder leder mig på den måde på vej. Ser jeg et væsen komme imod mig på strømmen, mærker jeg efter, om jeg skal vige eller møde det.

Meget af landet er uforstyrret af mennesker, da vi vandrer med strømmen mellem bestemmelsessteder, altså steder der har betydning og som er bestemt for os. Vi har fået tildelt steder for menneskene, og andre steder har vi intet at gøre og bliver derfor ikke opfordret til at går der, da strømmene ikke fører os derhen.

Hvis et sted har interesse, mødes flere strømme der og hver strøm bidrager med sin energi og derfor er der højere energi der og det skaber et knudepunkt. Vi ved så, at stedet har, eller kan have, en betydning. Samtidig er det menneskene, der forstærker energierne i knudepunkterne og dette forøger den samlede energi der.

Den viden, som jeg og mit folk har, kommer fra de søstre, der i forgangne tider såede vores bevidsthed på planeten. Vi er i forbindelse med planetens bevidsthed, som den levende skabning, hun er.

Langsomt glider jeg ud af den meditative tilstand, mens jeg prøver at undlade at tænke. Jeg må forblive bevidsthed. Det jeg er.

Jeg har været langt tilbage i tiden. Jeg troede at mennesker og dyr fulgte stierne, men jeg ved nu, at stierne blev skabt af dem, der fulgte energistrømmene, der krydser gennem landskabet. Senere er denne viden gået tabt, åbenbart lige som så meget andet. Jeg føler at livet er forbundet til Jorden. Det er Jorden, der er fælles for alt liv. Det er her, energien til det fysiske liv har sit udgangspunkt.

Det knuste hjerte

Stadig med en følelse af stor kontakt til Jorden, glider jeg igen ind i søvnens mørke og er snart fordybet i endnu en oplevelse.

Jeg er en kvinde, der sidder ved min mands leje i en klippehule oppe i bjergene. Både han og jeg er meget mørke i huden, ser jeg. Han er hårdt såret efter et fald i dette bjergrige område og har mange indre kvæstelser. Han havde været på jagt efter bjerggeder og på vej tilbage til hulen, med en ged på ryggen, havde han trådt på en sten, der havde løsnet sig. Det skete heldigvis tæt ved hulen, så jeg kunne hjælpe ham tilbage hertil. Hulen lugter af fugtig klippe, røg og dyrepels.

Lejet er en forhøjning bagest i klippehulen og der er lavet en fordybning i forhøjningen, der så er fyldt op med dyreskind. Dette giver et blødt leje og fordybningen gør, at skind og personer ikke så let falder ned på stengulvet.

Jeg er dybt frustreret og nærmest i chok. Jeg har givet ham noget styrkende urteafkog, plejet hans udvendige sår og sidder nu på et skind på gulvet ved siden af ham og holder hans hånd. Han prøver at smile, men det bliver kun til en grimasse. Han har stærke smerter og er lettere omtåget. Han glider efterhånden væk i en urolig søvn og jeg kan ikke længere holde ud at være i hulen.

Jeg slipper hans hånd, rejser mig og går udenfor. Her er der en forholdsvis stor afsats dækket med sand, sten og klippestykker. Det er stadig meget varmt udenfor hulen, selv om Solen snart vil gå ned. Varmen bliver nu reflekteret fra de støvede klipper øverst på plateauet, hvor indgangen til hulen ligger. Jeg fjerner mig lidt fra hulens indgang og går tættere ud mod kanten. Langt under mig, og så langt øjet rækker, er der ørken med en blanding af klipper, sten og sand. Hvilket trøstesløst sted at bosætte sig, men livet former sig ikke altid efter ens ønsker eller forventninger. I øjeblikket er her gode jagtmuligheder, så der er ingen grund til at drage videre.

Jeg elsker ham usigeligt meget, og det gør helt fysisk ondt i mit hjerte, når jeg tænker på, at jeg snart vil miste ham og stå alene tilbage i denne golde egn.

Jeg er ikke fortvivlet over at skulle klare mig selv, men det, at skulle leve uden ham, vil blive ubærligt. Jeg bliver vanvittig af at tænke på det. Og da det også gør frygteligt ondt i brystet og maven, er følelserne kun endnu sværere at håndtere.

Hvad er der tilbage af mig, af mit liv, når min kærlighed og alt, hvad jeg lever og ånder for, bliver revet bort? Kan jeg leve med et knust hjerte, ja, et hjerte, der på de nærmeste er blevet revet ud af mit bryst?

Jeg sidder på hug og helt krummet sammen med armene foldet om knæene og panden på mine arme. Tårerne trækker striber i støvet på mine underarme og benene er blevet følelsesløse. Jeg må tilbage og se til ham.

Han er vågen, selv om han ligger med lukkede øjne. Jeg kan høre det på hans åndedræt. Igen sætter jeg mig ved siden af lejet og rækker ham skålen med vand. Han kan hverken holde skålen eller løfte hovedet og det meste af vandet ender på hans bryst eller løber ned på begge sider af hans stærke hals. Jeg rejser mig igen, tager skålen og fylder den kun halvt fra vandkrukken. Ved forsigtigt at løfte hans hoved en smule, kan jeg hælde lidt vand i hans mund. Han krymper sig og begynder at hoste. "Ikke mere vand," sprutter han, mens hans ansigt fortrækker sig i smerte.

Nej, ikke mere vand. Det trækker kun hans lidelser ud. Med hans hånd i min, sætter jeg mig ved siden af ham på skindet og langsomt kan han slappe af igen. Nu åbner han øjnene en smule og jeg fastholder hans blik, mens han visker til mig.

"Du må leve for os begge. Jeg giver snart min krop tilbage til Uma."

Han trækker vejret ind for at have luft til endnu en sætning.

"Nej min elskede, jeg forstår ikke livet, men der er et tidspunkt, hvor man fødes af Moderen gennem sin menneskelige mor og man går på Moderen, indtil hun finder det passende at kalde den lånte krop tilbage til sig igen. Jeg drager mod stjernerne og vi skal mødes når Moderen engang også tager din krop tilbage. Skattet er den dag, hvor vi igen forenes."

"Lad os nu være sammen og være tæt på Moderen," siger jeg og lægger mig på siden ved siden af ham på lejet med armen forsigtig om ham.

Vi græder begge stille og jeg kan mærke, at Moderens kærlighed er meget til stede. Jeg begynder at slappe af og hans åndedræt bliver også roligt. Jeg vender et kort øjeblik min opmærksomhed mod Moderen og takker hende for at jeg har mødt og levet sammen med denne mand.

Nu bliver det helt stille. Han trækker ikke længere vejret, men er draget mod stjernerne.

Den sidste sten bliver lagt på graven og jeg er dødtræt, bogstavelig talt. Mens jeg slæbte sten og lavede en dysse over ham, havde jeg planlagt at ville overnatte i hulen og så begive mig på vej næste morgen. Men nu, hvor jeg sidder med ryggen op ad en klippe, kan jeg ikke udholde tanken om, at jeg i morgen skal gå ud af hulen og se stendyngen, som ikke plejer at ligge der, strække sig mod himlen. Jeg er nødt til at samle det mest nødvendig og begive mig af sted ud i natten og bare sove, der hvor jeg falder om af træthed.

Mens jeg tumler af sted med Månen som min eneste ledsager, står de sidste timer klare i min erindring. Han blev vasket og lagt på et skind på gulvet. Med den sidste okker tegnede jeg Moderen på hans krop, hvorefter jeg brugte skindet til at trække ham ud til den lille fordybning, som jeg havde formået at skrabe i den hårde overflade, tæt ved hulens indgang. Efter at have placeret ham i fordybningen, stadig liggende på skindet, anbragte jeg også hans bue og koggeret med pile, spyddet og hans skål, som jeg fyldte med bær. Til sidst slog jeg skindet op omkring ham, så stenene i det mindste ikke ville røre ham direkte.

112

Arbejdet med stenene foregik i en døs af udmattelse og fortvivlelse. Hans krop var blevet knust, men det var min krop også, ikke fysisk, men af sorg, og smerterne var uudholdelige.

Efterhånden gled billederne dog i baggrunden og afløstes af lyden af mit bankende hjerte, som om det ønskede at slippe ud af sit fangenskab i mit bryst og bare løbe bort og gemme sig for aldrig mere at blive fundet.

Jeg vågner som Yadar, badet i sved og føler mig både udmattet, meget tørstig og med en forfærdelig fornemmelse af, at jeg er ved at blive vanvittig af drømmens følelser og intensitet. Det mindste ved oplevelsen er faktisk, at jeg var en kvinde i drømmen.

Jeg rejser mig fra mit leje, tager mit lændeklæde på og går udenfor. Nattens kølighed gør mig godt og ved hjælp af nogle dybe vejrtrækninger falder jeg efterhånden noget til ro igen, selv om drømmen stadig sidder i kroppen.

Tanker omkring drømmen bobler langsomt op til overfladen.

"Jeg skal virkelig ikke længere se mig selv som værende en mand, men som et menneske, der i dette liv optræder som mand i en mandekrop. Det er som at tage et avanceret kostume på, der samtidig får mig til af 'føle' mig som en mand og agere som en sådan. Hvis jeg i nogle liv optræder som kvinde og i andre som mand, er jeg så hverken det ene eller det andet? Er det blot en 'maske' jeg tager på? Og i så fald, hvad er jeg så? Bevidsthed!"

Det bliver for koldt at stå udenfor, så jeg går tilbage og drikker en pæn mængde vand. Kulden og vandet giver mig trang til at tisse og jeg går hen og lader vandet, inden jeg lægger mig på sengen igen. Med et lagen over mig ligger jeg på ryggen og stirrer op i loftet, men snart glider jeg ind i søvnen igen.

Høvdingens søn

Endnu en drøm presser sig ind i søvnens tomhed og jeg har en mærkelig fornemmelse af, at jeg stadig befinder mig på samme kontinent, som i forrige drøm. Jeg er igen en kvinde og da jeg ser ned ad mig selv, er min hud helt mørk og jeg falder sammen med skyggerne i hytten.

Jeg har fulgt hende som min bedste veninde siden vores tidligste barndom. Nu hvor hun skal giftes med den unge høvding, kan jeg se, at det ikke kun er på grund af traditionen, at de skal være sammen. Det kan ikke være anderledes. Samme nat, som vielsen fandt sted, drømte jeg om to stjerner der mødtes på himlen, smeltede sammen og blev til en større og mere lysstærk stjerne end de to andre tilsammen.

Da hun føder sit første barn, en dreng, så jeg i en tanke i en stille stund midt på dagen barnet vokse op og blive en god og vellidt leder som sin far og vis og indfølende som sin mor med god kontakt til naturen. Han er en velsignelse for stammen. Når jeg ser ind i fremtidens muligheder, giver han os det længste liv som stamme.

I drømmen fokuserer jeg på drengebarnet og med ét ligesom suges jeg ind i barnet og jeg fornemmer, at jeg nu er barnet, men samtidig er jeg nu voksen. Det er nat og jeg står og fornemmer en meget intens stemning, en tæt forbindelse til mine forældre og forfædre. Det er, som om forbindelsen løber gennem alle slægtled og ender i selve jorden, som jeg står på. Ja, mere end det. Jeg har forbindelse med selve Moderen, med livets oprindelse, cirklen og spiralen.

Jeg står her og tænker tilbage på mit liv og indtil dette tidspunkt, hvor jeg lige har overtaget høvdingehvervet efter min kære far. Jeg stirrer ud mod bjergene i det fjerne og glemmer stammen, der danser omkring mig.

Jeg har valgt mine forældre med stor omhu. Min far, der var ung høvding for en lille stamme, da jeg blev født, vil man ikke betegne som vis, men han var retfærdig og vellidt og var en god leder. Min mor derimod havde en utrolig indføling, når det gjaldt mennesker og naturen, og hun var en uundværlig støtte for min far, både som hans kone og i hans rolle som høvding. Der er flydt mange vise ord fra hende til ham. Min mor var vis, men hendes visdom bliv brugt i det stille. Hun havde ingen behov for at føre sig frem. Hun fortæller mig, at jeg blev født næsten uden smerte, og at hun selv deltog i min fødselsdans.

Jeg husker også, da jeg skulle modtage mit jagtspyd, der indvier mig som voksen jæger i stammen. Jeg var meget ung, synes jeg nu, hvor jeg ser tilbage. Jeg stod og spejdede efter jagtgruppen, der skulle indvi mig. Jeg var alene på ritualpladsen og følte mig meget nervøs for det, der skulle komme. Efter dette ville jeg ikke længere blive set på som et barn med en voksens overbærenhed. Nu var det alvor.

Da jægerne danser omkring mig, prøver jeg at finde følelserne af at være betydningsfuld og værdig til senere at blive høvding, men disse magtfulde følelser udebliver. Følelserne jeg får, er mere, at jeg æres som høvdingens søn, end for den, jeg er.

I de næste år får jeg vist mine kvaliteter, og jeg føler, at jeg efterhånden ses som den, jeg er og det, jeg kan.

Min far dør uventet, inden han når at blive gammel. Det bliver så min mor, der overrækker mig spyddet og løveskindet i ceremonien, hvor jeg overtager min fars position og ansvar.

Jeg føler mig stolt og beæret, da alle krigerne danser omkring mig. Nu var jeg endelig blevet høvding, som det hele tiden havde været bestemt. Men pludselig skifter følelserne og den statur og det udtryk, som stammen ser, vil de tolke, som om jeg føler mig betydningsfuld, men kunne de føle, hvad jeg følte, vil det nærmest være forstenet rædsel over, at alt nu hviler på mine skuldre. Med et går det op for mig, at jeg står med et kæmpe ansvar for stammen og dens overlevelse i en uvis fremtid.

Jeg har naturligvis medicinmanden, men han er bare et gammelt fjols, en ceremonimester der nægter at dø. Jeg føler her en stor taknemmelighed over stadig at have en vis kvinde til mor.

At jeg startede med at være kvinde i denne drøm og så bliver en mand, forvirrer mig. Kan jeg være født i flere kroppe samtidig, eller er det mere en information til mig om drengens fortid?

"Jeg valgte mine forældre med omhu?" Jeg må altså også have været bevidsthed, før jeg blev født, ja, før jeg blev undfanget. Og der kan gøres valg omkring det næste liv.

Danser og musiker for kongen

Jeg har taget mig en lur sent på eftermiddagen og det giver mig en dejlig oplevelse.

Det starter med, at jeg om natten står udenfor og ser op på stjernebilledet Orion. Derefter bevæger jeg mig tættere og tættere på og kan til sidst kun se de tre stjerner i bæltet. Jeg ved ikke, om det egentlig er mig, der kommer til stjernerne eller det er dem, der kommer til mig.

Lyset fra stjernerne bliver svagere og nu kan jeg se, at de står over tre 4-sidede pyramider. Til venstre for pyramiderne ligger en gigantisk løve, formet i klippe. Jeg drejer hovedet og følger dets blik. Den ser op på stjernebilledet Leo. Meget passende, selv om jeg på ingen måde bliver klogere af det.

Nu bliver det lysere omkring mig. Først tror jeg, at det er ved at blive morgen, men så ser jeg, at jeg er i et smukt dekoreret rum med en mængde udstyr og tøj. Jeg er sammen med nogle smukt påklædte kvinder, hvor nogle er dansere og andre har musikinstrumenter. Jeg ser ned ad mig selv og opdager, at jeg selv er kvinde, ligeledes smukt påklædt og med en tamburin i hånden. Jeg ved nu, at jeg er danser og musiker i per 'aa'en, det store hus, altså det kongelige palads.

Vi er nu alle klar og stiller os ved en bred, lukket dør. En tjener åbner døren på klem udefra og kigger ind. Han visker med ceremonimesteren, der nu ser forskrækket ud. Tjeneren går igen og ceremonimestren vender sig mod os: "Kongen vil hilse personligt på jer og er på vej."

Vi bliver urolige, men får så strenge ordrer på at tage os sammen og være professionelle. Nu går døren op og kongen træder ind i alt sin pragt. Jeg står i første række og ser til min overraskelse, at det er en smuk, ung kvinde, der træder ind. Nu husker jeg det, hendes navn er Hatshepsut. Hun var tidlige dronning, men har valgt at være konge, for ikke at stå som svag og mindre kvalificeret til posten. Vi elsker hende alle.

Hatshepsut går rundt til os alle og vi er alle dybt rørt over besøget.

Hatshepsut kommer hen til mig og jeg kan ikke slå øjnene ned. Hun smiler og ser mig lige i øjnene. Vi skal selv præsentere os.

"Deres kongelige højhed. Gamila." Jeg nejer.

"Smuk, stå ved din styrke og din kvindelighed."

Jeg får tårer i øjnene og ser ned: "Tak."

Hatshepsut løfter min hage og ser mig i øjnene igen. "Og hold hovedet højt!"

Hun smiler stadig og går så til den næste. Jeg nejer igen og dubber så forsigtigt tårerne væk med et tørklæde som en af pigerne rækker mig. Det var en stor oplevelse og jeg kan stadig mærke hendes berøring under min hage og hendes duft i næsen.

Før jeg glider bort, når jeg at få en fornemmelse af, at selv om vi bliver styret hårdt, er mit liv i paladset meget godt i forhold til de flestes udenfor.

Den døende kriger

Jeg ligger på ryggen med lukkede øjne. Jeg har frygtelige smerter i maven og i venstre lår. Det føles, som om jeg ikke har langt igen, og selv om øjnene er lukkede, føles det, som om lejet kører rundt. Da jeg har armene ned langs siderne, kan jeg mærke, at lejet er af dyreskind. Jeg hører et bål brænde og dufter røgelse. En kvinde begynder at synge og jeg åbner øjnene på klem. Jeg befinder mig i en lille rund hytte af rafter, beklædt med ler. Der er et røghul øverst i taget. Det er min kvinde, Nascha der synger.

Det hele begynder at komme tilbage. Jeg var blevet ramt af to pile og vågnede et kort øjeblik og opdagede, at jeg blev båret på et skind med hovedet først og underbenene dinglende ned bagtil. Der blev ikke talt og jeg hørte kun bærernes åndedrag og den hvislende lyd, da de trænger gennem det høje græs.

Det svier forfærdeligt i mine sår og jeg lugter nu den salve, som sårene blev smurt med, inden de blev forbundet. Jeg prøver at kalde på Nascha, men det bliver kun til et grynt. Jeg kan næsten ikke trække vejret. Hun vender sig og kommer hen til mit leje. Hun sætter sig på kanten og tager min hånd. Vi ser på hinanden.

"Mato kommer senere. Der er mange sårede."

Jeg nikker. Jeg ved, at det er medicinmanden som Nascha taler om. Jeg vil tale, men kan kun tænke:

"Ja, det var meget voldsomt. Frygt. Panik."

Der er ingen grund til at tale mere. Vi lever med døden hver dag og vi ved hvad der skal ske, når jeg er gået bort til forfædrenes land. Hun vil blive forsørget af min familie, primært mine brødre, indtil hun finder sig en ny mand. Børnene følger hende.

Hun har tårer i øjnene og starter igen på hendes sang. Hun synger kraftigere til nu, ligeså meget for at give sig selv styrke. Det hjælper mig. Jeg mærker kraften i stemmen, melodien og ordene. Mine øjne glider i og jeg mærker en ro komme over mig. Jeg er stolt af hende og jeg ved, at hun vil klare sig. Hun har mange færdigheder og meget mod.

Det er dunkelt i hytten, men nu fornemmer jeg, at skindet trækkes fra indgangen og lyset strømmer ind. Det trænger gennem mine øjenlåg. Det må være medicinmanden. Alle smerter er væk. Der er ikke mere tyngde og stivhed i kroppen. Han hilser på mig og smiler. Jeg ser smilet gennem de lukkede øjenlåg. Jeg står i en hvid røg og jeg fornemmer skikkelser, der nærmer sig. Jeg er hjemme!

Ledestjernen

Jeg sidder en middagsstund i meditation i mit aflukke i templet. Jeg sidder i skrædderstilling på en polstret skammel, der skrånet let nedad fortil og foran mig har jeg et lavt bord i samme højde som skamlen. På bordet brænder to lamper og mellem dem står en krukke med sand, beregnet til røgelsespinde, men jeg føler ikke, der skal benyttes dufte ved denne meditation. Der er også en kande med vand og mit personlige krus. Allerede om morgenen har jeg bestemt mig for, hvad jeg vil med denne meditation. Efter at være kørt fast i mine studier, vil jeg nu prøve at få kontakt med en af mine potentielle fremtider; måske kan jeg bringe noget med tilbage, som kan anvendes i mit videnskabelige arbejde.

Mine øjne glider i, og efter et par dybe åndedrag stilner tankerne af og det bliver mørkt for mit indre blik. Langsomt får mørket en tone af blåt og efterhånden kommer der lysende punkter på den mørkeblå baggrund. Ah, nattehimlen. Jeg har vist studeret stjernehimlen for meget på det sidste. Jeg virrer kort med hovedet, for at få billedet væk.

Det bliver igen mørkt, men kort efter kommer nattehimlen med dens stjerner tilbage for mit indre syn.

"Hmm, det bliver åbenbart ikke et fremtidssyn denne gang, men hvad kan du så fortælle mig?" spørger jeg billedet.

Jeg begynder at se nærmere på stjernernes place-

ring. Kan jeg mon genkende nogle af stjernebille-
derne, eller er det et rent fantasibillede af en him-
mel?

Jo, her er en konstellation, som jeg kender, det kan
ikke være andet end løven.

Jeg konstaterer, at billedet er lettere forvrænget i
forhold til det, jeg kender, men jeg noterer det bare
og venter på, om der kommer et budskab igennem,
for billedet giver mig ikke umiddelbar nogen ny
information.

Pludselig blusser en af stjernerne op; én som jeg
ikke først har lagt specielt mærke til. Jeg fokuserer
hele min opmærksomhed på fænomenet. "Hvad er
det? Hvad er det?" spørger jeg igen og igen. "Hvad
skal jeg se?" Jeg bliver frustreret og begynder at
hale ting ud af min hukommelse for at se, om no-
get af det passer på det, jeg ser. "Åh, for pokker da
også!" Nu gled stjernen pludselig ned under ho-
risonten og forsvandt og himlen blev helt tom for
stjerner, selv om den forbliver mørkeblå. Jeg nåede
ikke at få noget ud af det. "Pokkers," tænker jeg
igen. "Hvorfor skal jeg altid være så træg?!" Jeg ta-
ger en dyb vejrtrækning. Det kan ikke være rigtigt.
Noget må jeg kunne få ud af dette syn. Jeg mærker,
at jeg slapper af og glider ud af mit mentale tan-
kespind. "Ja, naturligvis, jeg skal ikke tænke, men
føle!"

Efter endnu en dyb vejrtrækning åbner jeg mig for
alle indtryk. Nu toner stjernen igen frem på himlen,
men denne gang betydeligt højere oppe. "Hvad
kan dette mon betyde?" Jeg prøver at koncentrere
mig om lyset, men føler så, at jeg skal sænke mit

indre blik. Først da mit fokus når jordoverfladen, som fremstår som en sort silhuet mod det mørkeblå, får mit blik lov at hvile der. Der er en forhøjning, nej, det er et hus. Mit hjem, kan jeg mærke. I et nu, kommer huset farende mod mig og scenen skifter til en varm, solrig dag og jeg ser mig selv som en dreng på omkring otte år stå og kikke op på himlen. Stjernen er tydelig at se, selv om Solen skinner. Jeg får en fornemmelse af, at stjernen står stille, mens Solen bevæger sig. Jeg mærker efter. Det er fremtiden, en mulig fremtid. Drengen drejer hovedet og ser mod venstre. Jeg ser nu gennem hans øjne, som også er mine. Der er tegnet noget på husgavlen. Jeg har selv tegnet det. Det er en slags stilistiske billeder, som jeg ikke ser klart, men jeg fornemmer en stor kærlighed og ordet jamaya. Et navn, en pige. Jeg fornemmer at mit ansigt får et saligt udtryk. Jeg er forelsket!

Så skifter billedet og helt andre følelser er i spil. De er bestemt ikke behagelige og jeg kender dem kun såre godt. Jeg glider ind og bliver ét med historien, hvor jeg er en ung mand, samtidig med at jeg forbliver observatør.

Bruddet mellem dem havde han selv valgt. Ikke fordi han ønskede at forlade Jamaya, tværtimod havde han aldrig følt større samhørighed med et andet menneske, men fordi missionen, han havde valgt, ville separere dem fysisk i resten af dette liv.

Her, langt fra pyramiderne, hvis spidser pegede mod himlen og hvis skygger samtidig pegede på jorden, i sig selv et symbol på to retninger, skulle de skilles. Han havde brudt bånd tidligere i sit liv, men dette var det sværeste.

Der var ikke mange dage, hvor stilheden sænkede sig over stenbruddet, men i dag var der stille og den eneste bevægelse var støvet, der hvirvledes op af vinden. Han tænkte på sin kære læremester, Imhotep, der havde forberedt ham til rejsen og som altid havde kendt til den.

Han skulle drage bort og bistå den længe ventede profet, Yeshua fra Huset Sananda i hans arbejde med at udbrede krystalenergien. Han selv ville bidrage med den klareste atlantiske energi og andre ville også deltage i arbejdet.

Jamayas ansigt var mærket af hendes følelsesmæssige smerter og tårer, men bagved anede han lyset og smilet, som altid havde givet ham modet og kraften til at leve. Han vidste, at han altid ville have både lyset og smilet i sit hjerte.

Der blev ikke mælet et hørbart ord under deres sidste møde. Et var, at Jamaya mentalt forstod nødvendigheden af, at det netop var ham, der rejste. Noget andet var de følelsesmæssige billeder hun så, når hun kiggede ind i sin fremtid. Der var altid en lang skygge, der nåede hende og i den anden ende af skyggen var silhuetten af en mand, så langt borte, at han knap kunne anes.

Jeg er dybt bevæget, da jeg kommer tilbage fra denne oplevelse. Hvad kan eller skal jeg bruge det til? Eller skal det bruges? Hvornår foregår dette? Det er ikke i dette liv, hvis altså drengen og manden er den samme og jeg er dem, hvilket jeg følte, jeg var. Jeg boede ikke i et sådant hus som barn, eller har haft en barndomskæreste og senere kvinde som Jamaya, og jeg har heller ikke oplevet stjernen, der kunne ses i fuldt sollys, eller stødt på optegnelser over en sådan hændelse. Jeg er dog overbevist om, at det var en fremtidsmulighed, jeg så.

Jeg tænker videre over oplevelsen. Hvis den unge mand, altså jeg selv, havde et så dybt tilhørsforhold til Jamaya, måtte min mission være af yderste vigtighed, hvad jeg også følte under forløbet. Mens jeg stadig er i min udvidede bevidsthedstilstand spørger jeg ind til, hvorfor Jamaya ikke bare kan tage med, og jeg får svaret, at det er givende nødvendigt, at manden helt helliger sig det foreliggende arbejde. Det nytter ikke noget, at han bliver distraheret i at udføre sin mission.

Jeg forsøger at holde mig åben, men der kommer ikke mere information og med et par dybe vejrtrækninger giver jeg slip på ønsket om at vide mere. Efter at have siddet et par minutter, slukker jeg de to lamper på det lille bord foran mig og bevæger mig ud i gangen og fortsætter hen i fællesrummet. Oplevelsen følger mig i lang tid denne dag. Først da jeg kommer hjem og skal i gang med forskellige praktiske gøremål, glider begivenheden i baggrunden.

Da jeg sidder hjemme om aftenen og skriver om dagens begivenheder, prøver jeg at få lidt struktur på de ting, som jeg har erfaret.

Jeg har stjernebilledet Løven. Den er lettere forvrænget, men det er sikkert af mindre betydning. Så er der stjernen, der lyser kraftigt op, hvorefter den hurtigt forsvinder under horisonten, for så senere at dukke op igen. Jeg har også den oplysning, at stjernen står stille, mens Solen fortsætter sin færd hen over himlen.

Der går åbenbart nogle år og drengen er blevet en mand med en god uddannelse. Jeg kan ikke se hvilken betydning Jamaya har, men den unge mand skal åbenbart på en vigtig mission for en profet kaldet Yeshua. Missionen har desuden været kendt længe. Stedet ligner ikke noget, som jeg kender fra Alt, selv om jeg ved, at manden skal bruge en 'oplysende' energi herfra. Energien klarer vores tanker og giver os en større fornemmelse af, hvad der sker omkring os.

Selv om jeg nu føler, at jeg har nogle mulige svar, skaber disse dog nogle nye spørgsmål:

Hvilken forbindelse er der mellem stjernen, drengen, manden og profeten; og hvad skal profeten med klarsynsenergien? Det må være de spørgsmål, som jeg vil gå videre med ved førstgivne lejlighed.

Ud på eftermiddagen sidder jeg og tænker på Jamaya. Hun bringer mange, stærke følelser frem, når hun optræder i drømmene, men er der et budskab i dette? Jeg glider langsomt bort fra dagsbevidstheden og et rødt lys kommer mig i møde.

En rød planet og kvinden i rødt

Med blandede følelser som afmagt, sørgmodighed og vrede, glider hun gennem paladsets søjlegange, hvor alt udsender et dæmpet, rødt skær. Hendes kjole, der også er rød, når næsten til gulvet. Hendes hår er dog ikke rødt, men sort. Der er en svag lyd af luft i bevægelse, men om det er hendes glidende bevægelse gennem den brede søjlegang, eller en trækvind, der skaber lyden, når den smyger sig forbi søjlerne, ved jeg ikke.

Hun har sagt farvel, men på afstand. Hun kunne ikke bære at skulle se ham, så kort tid, før hun skulle miste ham. Stjerneskibet har forladt planeten for at tage ham på denne vigtige diplomatiske mission. Hun har virkelig prøvet, men der kom ingen bedre løsning. Han var født til at skulle tage på denne mission. Her drejede det sig om meget mere end blot de to og det, de havde sammen. Til at starte med var hun fortvivlet, for hun havde brug for ham her. Hvordan skulle hun ellers klare det? Hun kendte sin egen styrke, men den havde ligesom forladt hende. Tårerne løber ned ad hendes kinder, da hun mærker, at han tænker på hende. Hendes kraft vender tilbage og hun ved, at de vil mødes igen, måske ikke i dette liv, men så i et andet. Nu ved hun, at hun kan tage imod alt, hvad livet placerer foran hende, for deres genforening venter derude et sted.

Mens jeg langsom glider ud af drømmen, har jeg en tydelig fornemmelse af, at det er mig, der rejser bort i stjerneskibet og det er min elskede, som jeg lader tilbage i paladset. Handlingen foregår i et stjernesystem langt fra Jorden. Det ligner meget en parallel til Jamaya og jeg, der skiltes i Ægypten.

Mødes vi måske med de samme bevidstheder som vi har truffet i andre liv? Er der nogle 'bevidsthedsbånd', der rækker ud over det enkelte liv, der gør, at vi måske ubevidst genkender hinanden gennem disse stærke følelser; stærke, fordi de bliver styrket gennem disse mange møder, liv efter liv. Ja, måske også mellem livene. Hvorfor ikke?

Yeshua

Jeg kommer videre med begivenheden om lede-stjernen i en drøm samme nat. Jeg drømmer, men føler mig dog samtidig meget vågen og opmærksom ligesom under meditationen tidligere i dag. Det starter dog lidt forvirrende: Klart vand strømmer, i to stråler, ud over kanten af en stor og smuk fontæne som kronblade på en blomst. Halvvejs nede bliver den ene stråle sort, mens den anden bliver hvid, men da den sorte og den hvide væske løber sammen i et større bassin omkring fontænen, bliver væsken krystalklar og jeg mærker en stor kærlighed. Jeg har ikke umiddelbart en fornemmelse af, hvad det kan betyde, men følelsen af kærlighed og en fornemmelse af klarhed er ikke til at tage fejl af.

Drømmen skifter og jeg oplever nu at være den unge mand fra meditationen i templet tidligere på dagen.

Imhotep kommer mig hastigt i møde udenfor bymuren. Vi mødes her i middagsheden, hvor sandet brænder gennem sandalerne og trænger gennem palmebladene over os, for at ingen skal se min afrejse. Jeg forstår ikke helt denne hemmeligholdelse, men jeg stoler på min læremester. I templet går han under et andet navn, men inderst inde ved jeg, at det er Imhotep, selv om han levede for mange hundrede år siden under dette navn.

Jeg får i et kort glimt et billede af en far, der lægger sin hånd på sin søns hoved. Det er faren Ptah og hans søn Imhotep. Jeg ser farens navn med skrifttegn og ved siden af sønnens navn, der indeholder samme skrifttegn, blot spejlvendt og med et ekstra tegn, en ugle. Ordene visdom og klarsyn kommer til mig.

Imhotep giver mig instrukser.

"Følg Yeshua, den salvede, fra løvens hus og støt processen med din klare kraft. Der er mørke kræfter, der ikke ønsker Lyset til menneskeheden. Det lys, der oplyser dem, så de ser, at de også er den guddommelige bevidsthed. Den bevidsthed, der får dem til at nægte at underlægge sig nogen som helst eller noget som helst. Den sande frihed."

Imhotep tager begge mine hænder og jeg føler en stor kærlighed strømme mellem os. Jeg ved, at hans bevidsthed altid vil være hos mig, ved hvert skridt, jeg tager og i hvert åndedrag. Jeg får tanken, at han er min ledestjerne.

Hov, her krydser stjernen fra meditationen lige ind over drømmen. Det må have en betydning, tænker jeg som observatør i drømmen.

Jeg går ned til floden, hvor en lille sejlbåd med en enkel mand ligger klar til at bringe mig og mine få ejendele ud til flodmundingen, til byen Alexandria. Bådens bevægelser vugger mig snart i søvn, mens jeg ligger i dens stævn og betragter himlen over mig.

Nu oplever jeg en drøm i min drøm! Den er kort, men fyldt med glæde og kærlighed.

En lykkelig tid

Jeg ligger i stævnen af båden med hovedet ud over rælingen og betragter skumsprøjtet, der rammer vandspejlet, når båden skærer gennem vandet. Nilen er rolig i dag og vi sejler ned af den brede flod med god fart. Jeg føler glæde og ro. Er det den samme følelse, som Nilen føler? Er dette ikke kun min personlige følelse, men en følelse som jeg deler med livet omkring mig? Jeg er rolig og Nilen er rolig. Vi glædes i fællesskab over livet og det at eksistere, at leve og opleve livet.

Nu fokuserer jeg på spejlbilledet i vandoverfladen. En enkel lille sky spejler sin mave, mens den langsomt ændrer form og så forstyrres billedet af en flok fugle, der højt oppe, passerer mellem skyen og vandspejlet. Papyrussen spejler sine fine fjer, der altid bevæger sig, mens oliventræernes kroner optræder som den perifere baggrund. Så får jeg øje på mit eget ansigt dernede, lidt malplaceret i alt denne natur, synes jeg. Men så dukker hendes smukke ansigt op tæt ved mit. Hendes hår bevæges af brisen ligesom papyrussen, og hendes tilstedeværelse kommer i mit fokus; hendes varme mave mod min lænd, hendes hånd på min skulder og hendes duft. Min glæde og ro glider over i en euforisk lykke over at være til og at kunne dele livet med denne vidunderlige skabning.

Hun fanger mit blik i vandspejlet og smiler. Også hun føler glæde og ro. Hendes hånd finder min og vi ER bare sammen. Er der mere vi kan forvente af livet end at føle glæde og kærlighed til alt som er?

Er det mon Jamaya, der igen dukker op, eller er det

blot de samme følelser som bliver fremkaldt? Følelser som glæde, lykke og kærlighed.

Yeshua - anden del

Drømmen skifter tilbage til den unge mand, der er på vej for at støtte manden Yeshua i dennes energiarbejde.

Jeg skal aflevere nogle breve i et bestemt akademi i Alexandria. Dette ærgrer mig, da Alexandra er en omvej. Det er dog vigtigt, at brevene ikke kommer i de forkerte hænder. Næste dags eftermiddag er jeg i Alexandria og finder akademiet ved havnen tæt på det store bibliotek.

Her er det, som om intet fungerer og alting, selv tiden, trækkes ud i det uendelige. Endelig får jeg dog afleveret brevene til den rette person. Nu skal jeg have fundet et sted at overnatte, for der sejler ingen skibe så sent. Da jeg skal forlade bygningen, støder jeg på en ung kvinde, der gør så stort et indtryk på mig, at jeg pludselig ikke har travlt med at komme videre. Det viser sig, at hun hedder Mariamne og har haft forskellige gøremål på stedet. Da jeg fortæller, at jeg leder efter et sted at overnatte, anbefaler hun det herberg, hvor hun selv skal overnatte. Det ender med, at vi følges ad til herberget ved havnen.

Da jeg ligger på mit leje, har jeg følelsen af, at det ikke er tilfældigt, at jeg mødte Mariamne og at besværlighederne i akademiet forsinkede mig netop så meget, at mødet blev gjort muligt.

Næste morgen er jeg tidlig på færde for at få en plads på et skib. Det lykkes også og snart sidder jeg igen i stævnen af et skib og dagdrømmer.

Jeg oplever, at det er nat og jeg genkender stjernen fra forrige oplevelse. Da jeg ser mod jorden igen, opdager jeg, at en ung mand står under stjernen og ser op mod den. Jeg fornemmer, at det er manden, som jeg skal bistå. Stjernen stråler kraftigt over Yeshuas hoved, men forvandler sig kort efter til et brændende kors.

Med et er jeg alene med stjernen på nattehimlen og der dannes en ring omkring stjernen. Jeg får en følelse af, at tiden på en måde begynder her. Eller også er det et vigtigt punkt i tiden.

Det er meget mærkeligt for mig, altså Yadar, at opleve disse forskelle niveauer af 'drømme'. Dette at bevæge sig mellem forskellige bevidsthedslag og opleve disse som både aktør og observatør på samme tid.

Nu er jeg tilbage som den unge mand, der efter en lang sejltur og med karavane, nu står foran Yeshuas forældre. Her oplever jeg den samme stærke følelse af kærlighed. De præsenterer sig som Marit og Yosef og jeg bliver budt indenfor.

Jeg fornemmer, at jeg kan fortælle, hvorfor jeg er her og Marit fortæller lidt om deres søn.

"Yeshua er omkring 19, da han bliver gift. Vi har arrangeret giftermålet med hendes familie. Hun er fra en anden fin familie. De er gift i nogle år, men hun dør i en ung alder. Yeshua gribes af en dyb sorg, der fører til en depression, og han forlader os, som han siger: "For at finde meningen med livet og hvad kærlighed er." Han er endnu ikke vendt tilbage, men jeg føler, at han ikke er langt borte."

Jeg får lov til at overnatte på stedet. Da jeg er gået til ro, overvejer jeg min situation. Yeshua er her ikke, men da Imhotep har sendt mig afsted, må det være det rette tidspunkt, jeg er kommet på.

Yosef er stenhugger og næste morgen vækkes jeg af lyden af metal mod sten. Jeg bevæger mig søvnig udenfor.

"Det er den næstbedste måde at få morgenkulden og stivheden ud af kroppen," siger han, med et smørret grin. Selv om han er af høj byrd, har han naturligvis et håndværk.

Der kommer nogle forstyrrelser i billedet, som om noget vil bryde ind i denne tid fra en anden tid. Brudstykker eller billeder af Josef som tømrer... hans hammer og mejsel bliver til en hammer og et stemmejern og stenen bliver til træ. Jeg føler en klar, kølig brise komme ind og tømreren, Josef forsvinder, mens Yosef, stenhuggeren igen står i det klare solskin. Han lægger hammer og mejsel på den sten, som han er i gang med at hule ud til en knoglekiste, rejser sig og smiler stort, mens han tørrer sig over panden med bagsiden af hånden. Jeg går hen og hjælper ham med at få stenen ind under halvtaget, så han kan stå i skyggen og arbejde, nu da Solen har fået mere magt.

Marit kommer ud af huset og stirrer ud gennem porten. Hun har tårer i øjnene. Jeg kan ikke få øjnene fra hende; ikke engang for at se mod porten, hvor hendes blik hviler.

Yeshua kommer gennem porten og er ét stort smil, da han ser sin mor. Hun får et stort knus og så får han øje på sin far under halvtaget. Yosef får også et stort knus, og så får Yeshua øje på mig.

"Og du er lige kommet fra Egypten."

Det lyder som en konstatering, og så bliver det også til et knus til mig. Et kraftigt mandfolkeknus må jeg sige. Han lugter, som om han har fået rigeligt at drikke dagen før. Vi sætter os i skyggen og Yeshua fortæller nu, at han har rejst i Mellemøsten, India, Egypten og dele af Europa. Her har han besøgt mestre og religiøse ordner og studeret religionerne.

"Jeg har lært 'Enkelhed' og verdens mysterier, hvoraf nogle bliver undervist i mysterieskolerne i Alexandria."

"Jeg har ikke stødt på dig i Egypten," drister jeg mig til at sige.

"Nej, du har ikke hørt om mig og du har ikke set mig. Tiden var ikke inde til at mødes."

Efter dette korte møde med Yeshua kommer jeg op til overfladen og er igen på mit leje hjemme hos mig selv som Yadar. Jeg står op og tager noget vand at drikke. Nu er jeg nødt til at få noteret ned, hvad jeg har oplevet, før detaljerne glider ud af min hukommelse.

Den sammensatte Yeshua

Jeg har nu brugt en del tid på at lave notater og føler mig dødtræt. Der er ikke længe til morgen, men jeg vil prøve at forbinde mig til Yeshua for at lære mere om krystalenergien. Jeg sætter mig på min skammel og tænker på den unge mand, som jeg har mødt.

Kort efter dukker Yeshuas ansigt op og hilser på mig, men nu opdager jeg, at der kommer flere og flere ansigter bag ham og snart er der tusindvis af dem, dog har de ingen konturer. Han fornemmer mit spørgsmål og forklarer.

"Jeg er ikke en sjæl med skaberevner som flertallet, men en sjæl sammensat af mange bevidstheder eller sjæle til en speciel opgave. Vi har samlet egenskaber fra mange, for at skabe de bedste muligheder for krystalenergien. Grunden til, at jeg kan møde dig her er, at din sjæl også er en del af denne bevidsthed."

"Jeg er meget spændt på, om denne specielle konstellation virkede," siger jeg spørgende.

Yeshua smiler lidt overbærende og fortæller.

"Det forløb slet ikke, som vi havde håbet på eller regnet med. Det primære budskab var: "Jeg er som jer, I er som jeg, jeg er Guds søn og så er I og vi er

138

ånd."

Yeshua fortsætter sin fortælling.

"Jeg viser, hvad et guddommeligt menneske er gennem eksemplet, men masserne fokuserer kun på det guddommelige og ophøjer mig til at være guddommelig og glemmer at ophøje sig selv. Andre kalder mig en bedrager. Folk kan ikke komme ud over deres altovervejende fokus på GUD. Gud som den almægtige og mennesket som det ubetydelige. Dette billede kunne vi stort set ikke rokke ved. Menneskeheden var ikke klar til at modtage dette budskab, nemlig, at de var så meget mere, men det var ikke forgæves, for et sted skulle det starte, det ville ikke være kommet af sig selv. Den erfaring har vi dog fra tidligere forløb. Frøet skulle sås og vandes. Sammenlagt, i lyset af tidligere planetariske udviklinger, vil en blidere indførsel af krystalenergien være at foretrække. Næste gang bliver der i den langt overvejende del arbejdet med individer, der er klar til at modtage budskabet og ikke hele folkeslag over en kam. Man vil arbejde 'indefra' og du vil være en af disse, eller i hvert fald en inkarnation af din sjæl."

Jeg får følelsen af 'nå, det var det' fra Yeshua, og så zoomer Yeshuas ansigt og alle ansigterne bagved hurtigt bort i mørket. Min bevidsthed er tilbage i min krop, der sidder på skamlen. Jeg har ikke fået vand med hen til skamlen, så jeg henter noget og sætter mig til at notere.

Min sjæl er altså en del af den sammensatte Yeshua. Den er også i den unge mand, der er sammen med den fysiske Yeshua og vil også være inkarneret i en person på et andet tidspunkt, der arbejder med krystalenergien. Dette viser, at tiden er et meget løst begreb.

Imhotep

Jeg opholder mig meget i templet i denne tid. Gennem Janir er jeg blevet koblet på et meget hemmeligt projekt, hvor vi arbejder på at genskabe et tvekønnet væsen, lige som dem, vi inkarnerede i, lang tid før arterne blev delt i to køn og senere igen, hvor racerne blev gjort meget ens. For mig at se bliver det dog en næsten uløselig opgave, da kønnet allerede er bestemt ved undfangelsen, så afkommet bliver enten en han eller en hun; det ene køn vil undertrykke det andet. Vi skal ændre dette 'enten-eller' til et 'både-og'.

Dette arbejde vil jeg dog ikke uddybe nærmere for dig her, men fortælle om personen, Imhotep, som jeg for kort tid siden stødte på. Lige som Yeshua er han fra min fremtid, men jeg fornemmer, at sjælen bag personen også har forbindelse til min egen tid, Alt-æraen.

Jeg er i mit rum i templet, da jeg kontakter Imhotep. Jeg bruger erindringen fra mit første møde for at få forbindelse. Imhotep dukker op i samme skikkelse og påklædning, som den unge mand mødte ham i og jeg får de samme følelser, som jeg havde, da jeg optrådte som den unge mand i drømmen: En læremester, en faderfigur og noget meget dybere, som jeg ikke kan sætte ord på.

Imhotep hilser: "Vi har altid kendt hinanden, så derfor disse følelser, der også trænger gennem til din menneskelige bevidsthed."

Jeg hilser også og har mit spørgsmål klar.

"Kan du fortælle mig om det land, Egypten, som den unge mand kom fra og måske noget om fremtiden for vores civilisation?"

Imhotep begynder: "Hvis vi følger din inkarneringslinje tilbage fra tiden, hvor Egypten vokser frem på grund af påvirkningen fra overlevende fra Alt, vil vi, efter Alts sammenbrud opleve store naturkatastrofer, der renser ud i meget kaotiske og ubalancerede energier på og i planeten og i fællesbevidstheden. Mange folk flytter under jordens overflade og det er først efter denne balancering, at folk fra Alt dukker frem mange steder på planeten og starter nye samfund. Vi har levet adskilt for generationer og derfor har vi udviklet os forskelligt, men dog med mange lighedspunkter. Du og jeg er med til at skabe det Egypten, som du mødte i drømmen."

Jeg tænker på det, som Jacor berettede om fremtiden og Azuru Timu.

Imhotep beroliger mig: "Du vil ikke opleve disse urolige tider i dette liv og næste gang, du inkarnerer, kan tingene have ændret sig. Det kan lyde underligt, at noget er givet på forhånd og alligevel ikke givet på forhånd. Det kommer helt an på de valg, der træffes og på den fællesbevidsthed, man resonerer med, når man går ind i en inkarnation. Jeg råder dig på det kraftigste til ikke at fokusere på begivenheder, som på den ene side ikke vil opstå i dette liv og på den anden side måske slet ikke vil forekomme i din fremtid."

Imhotep forlader mig og jeg har en følelse af fortrøstning og ro for min umiddelbare fremtid.

Endnu en diplomatisk mission

Jeg befinder mig i et stort, dunkelt rum, som jeg ikke kan se enden på og heller ikke loftet. Der er tændt fakler omkring os og jeg har en instinktiv fornemmelse af, at jeg ikke er på Jorden. Jeg er på en diplomatisk mission.

Jeg sidder foran den fremmede krigsherre. Der er vagter længere tilbage i rummet og to lidt tættere på ham. En af hans døtre står ved hans venstre side og har som opgave at opvarte os. Det er også tydeligt, at hun er placeret der for at formilde mig. Hun er mørkhåret, klædt i en lang, lys kjole med et bælte bundet om livet og hun virker mere fattet end hendes far og giver indtryk af, at hun har et større overblik og besidder mere visdom end han, der sidder fast i sine forestillinger om, hvordan alting er, og hvordan de bør være.

Han ønsker herredømmet over planeten, men når han angriber vores lande, finder han landskabet fuldstændigt øde. Vi anvender "den brændte jords taktik", dog med den forskel, at vi tager alt med os, bygninger, materialer, dyr, selv planter, træer og den muld, som de lever i, samt vandet. Hans tropper møder kun ørken og ingen kamp.

Jeg repræsenterer Rådet og har fuld bemyndigelse til at handle. Jeg er rolig og fattet og fornemmer rådets tilstedeværelse. Han visker noget til sin datter.

Jeg lægger ud med en bemærkning for at sætte stemningen.

"Du behøver ikke at tænke på at gøre et så godt

indtryk på mig som muligt, så jeg er venlig stemt, når jeg er hjemme og skal forelægge dette møde for Rådet. Jeg er her som en fælles bevidsthed, hvilket betyder, at hele rådet er samlet her. Jeg, eller egentlig vi, kan derfor tage beslutninger her og nu, jeg skal ikke først hjem og forlægge noget, der derefter skal drøftes og en reaktion findes. Det hele klarer vi her og nu."

Det brød han sig ikke om at høre. Jeg ser hans usikkerhed og han fanger kort sin datters blik for at prøve at finde noget, som han kan holde fast ved. Han får hendes styrke og kærlighed, men resten er op til ham. Jeg sidder tilbagelænet i en god stol, men læner mig frem og tager tekruset af tin, som datteren har sat foran mig på det solide træbord mellem os. Det hele virker noget primitivt, både interiøret og påklædningen.

"Som det ser ud nu, får du kun mere og mere ørken at herske over. Det undrer mig, at du ikke har overvejet, at vi kan vende vores taktik mod dig, og i stedet for at fjerne os fra dig, vende os mod dine lande og lægge dem øde. Jeg kan fornemme, at din datter har dette i tankerne. Og nu, hvor hun tænker videre i disse baner, ser jeg, at hendes sind formørkes. Ikke fordi hun er bange for landene og deres indbyggere, men fordi hun kom frem til, at vores modangreb kun vil koste livet for ét menneske. Tænk dig blot, et modangreb fra os, hvor kun ét menneske dør!"

Jeg kunne se, at han fangede tanken.

"Det vil ikke være muligt for dig at dræbe mig. Der er vagter overalt. Du vil aldrig slippe levende ud

144

herfra."

"Kære storfyrste, jeg er her ikke for at dræbe dig, jeg er diplomat. Jeg er her for at finde en løsning på et alvorligt problem for millioner af mennesker. Du er som et gammelt stædigt muldyr med skyklapper, der kun følger den gulerod, der hænger og dingler foran dens mule. Muldyret er døvt og øjnene ser ikke, at guleroden er vissen og skrumpet ind og mere ligner et lig, der hænger i en galge."

Han falder mere og mere sammen i stolen, og jeg ser, at datteren giver ham sin kærlighed som en fin gylden tråd mellem hendes hjerte og hans.

Jeg fortsætter.

"Hvis du får muligheden, og den giver jeg dig nu, til at vælge at gøre det, som du allerhelst vil, finde dine inderste ønsker og føre dem ud i det liv, du endnu har tilbage. Hvad vil det så være? Jeg giver dig fri fra alt, hvad der har bundet dig, alt det blændværk og alle de løgne, som du selv og andre har bundet dig ind i og spørger dig, hjerte til hjerte, hvad du allermest ønsker at opleve?"

Han sukker og blikket flakker. Han ser pludselig meget gammel ud. En skygge passerer hen over hans ansigt.

Jeg sætter ord på hans følelser.

"Jeg ser og føler den træthed, der vælder op i dig nu. Vend denne træthed til mæthed. Mæt af et begivenhedsrigt liv, hvor du har oplevet mere end de fleste og levet fuldt og helt; følt alt mellem kærlig og had og samlet megen visdom."

Ved hans højre side ser jeg et svagt, lysende omrids komme til syne. En kvinde toner frem. Han ser hende ikke, hans bevidstheds perceptionsområde når ikke så højt op i frekvens. Hun minder om en ældre udgave af datteren. Det er hendes mor. Jeg ser, at hans øjne bliver fugtige. Hun har nået ham. Kærligheden har nået ham og vi forbinder os alle tre, kone, datter og udsending til ham, og lag for lag brister barriererne rundt om hans hjerte, som ler der, tørrer og sprækker i Solen. De falder ned ved hans fødder, bliver til fint støv, nærmest som røg, og glider ud af eksistens. Jeg ser hans vision. En stor have eller park, fyldt med liv og farver. Jeg fornemmer, at det var en sådan have, som hans kone elskede og passede, da hun levede. Han ønsker at finde den ro, som haven og kvinden gav ham. Han ønsker at skabe fred! Hans blik bliver fjernt, men så stivner det og hans tanker trænger sig ind på ham, som om de ville knuse ham.

Igen beskriver jeg sceneriet for ham.

"Jeg ser tvivlen griber dig, den er som knoglefingre om din hals. Se i din datters øjne, her ser du både hendes mor, hende selv og den næste regent. En regent for fred, velstand og kærlighed."

Han rejser sig og omfavner datteren. De mørke tanker forsvinder og han ser hende i øjnene.

"Min datter, Lucia, vil du tage denne byrde fra mig og forvalte den som den næste regent?"

"Ja, far. Men en byrde bliver det ikke, da jeg vil løfte den med kærligheden."

Alle har vi tårer, der løber ned af kinderne. Alt det,

der er blevet frigivet; al den plads, der nu bliver udfyldt af kærligheden. Da vi alle har sundet os, tilkalder storfyrsten sin sekretær og skriver og en kort besked bliver nedskrevet.

"Jeg har med mit hjertets hjælp besluttet at overdrage alle mine forpligtelser som regent til min datter, Lucia. Jeg løser alle de bånd, der binder andre og mig selv sammen i had og uoverensstemmelser og vil kun søge fred i den sidste tid, jeg lever."

Jeg ser over på silhuetten af hans tidligere kone og ligger mærke til, at der er begyndt at dukke planter og træer op i det æteriske felt omkring hende. De to er i fællesskab ved at manifestere den have af ro, hvor den fratrådte hersker skal tilbringe sin tid i fred og kærlighed.

Datteren vender sig mod sekretæren.

"Og tag dette første dekret fra arkonernes nye overhoved."

"Jeg, Lucia, som det nye overhoved for arkonerne, meddeler, at alle fjendtligheder mod alle folk og enkeltpersoner fra dette øjeblik er bortfaldet, og vi vil i samarbejde med disse opbygge en verden i respekt for alt liv i det lys af kærlighed, som mit navn byder mig at være."

Der bliver skrevet kopier af de to dekreter og den tidligere hersker tager de to originale og nu underskrevne dokumenter op fra bordet og rækker dem til mig.

"Jeg har i dag vundet min største sejr, nemlig sejren over min egen skygge. Tag disse og spred budskabet."

Jeg smiler, men rækker ikke hånden frem for at modtage dokumenterne, og han ser et øjeblik forvirret ud, som om det lys, han lige havde oplevet, blev slukket og han stod tilbage i mørket.

"Disse to dokumenter bærer megen kraft," siger jeg. "De skal blive her i paladset, men jeg vil med glæde modtage to andre dokumenter med samme ordlyd fra lysets overhoved."

Jeg vender mig mod Lucia, og hun lyser faktisk som en mægtig, pink og gylden flamme, der breder sig i hele rummet. Hun rækker mig smilende to dokumenter, og i det øjeblik, hvor vores blikke mødes, ser jeg en forbindelse til andre liv end dette, og mærker den utrolige kraft, som hun nu skal til at manifestere i sit nye rige.

Den store kineser

Jeg er i mit opholdsrum, hvis vægge består af spinkle trærammer med trægitter beklædt med lyst papir. En lav forhøjning, der fylder halvdelen af rummet, er fyldt med farverige puder i glat stof, der reflekterer lyset. Jeg bevæger mig mellem puderne og træder ned i et par mokkasiner ved kanten af forhøjningen. Jeg har lige afsluttet min middagslur og vasker mit ansigt og mine hænder.

Jeg er en stor og kraftig bygget mand med glatraget hoved fra panden og op til toppen og en fletning ned ad ryggen. Jeg ser på mine kraftige hænder, de er velplejede, med forholdsvis lange negle og en gullig hud. Jeg føler mig meget godt tilpas, ja næsten lykkelig. Jeg har et godt liv. Min lange, mørkeblå silkekimono med guldbroderier høres sagte, når jeg bevæger mig hen over trægulvet mod skydedøren i den anden ende af rummet. En tjener, der sidder udenfor, skyder døren lydløst til side og jeg bevæger mig ud på en gang, der viser sig at være en altan der går hele vejen rundt om rummet. Altanen, er overdækket og om aftenen, eller når vejret kræver det, kan altanens åbninger ud mod gården og haven dækkes af plader, der skydes for for at skærme mit rum. Jeg befinder mig på første sal og kan heroppefra se ned i den indhegnede gårdhave. Alt ånder fred. Solen skinner og vinden bevæger kun træernes blomster og blade ganske lidt. Det er en herlig dag.

Jeg går til højre, runder hjørnet og kan nu se ned i gården på den anden side af huset. Gården er brolagt og her er porten til verden udenfor. Modsat gårdhavens fred er her meget aktivitet her. Her er værksteder og arbejdsrum af forskellig art. Tjenere, arbejdere og bude løber frem og tilbage med deres utallige gøremål. Det meste foregår i absolut stilhed, selv de små vogne bevæger sig lydløse hen over brolægningen takket være de reb, der er bundet omkring træhjulene. Det er som at stå på markedspladsen i byen og holde sig for ørene. Kun gæster får lov til at køre ind i den indre gård med de normale, skramlende hjul, ellers ønsker jeg ikke at blive forstyrret af vognenes larm og folks klaprende træsko.

Jeg strækker mig og ser så ud over landskabet omkring bygningskomplekset. Der er marker til alle sider afbrudt af frugtplantager, lav skovbevoksning og vandingskanaler. Vejene snor sig i alle retninger gennem landskabet, blandt andet til møllen, fiskedammene, arbejdernes hytter, skoven i det fjerne og til byen og floden naturligvis. Mange mennesker bevæger sig rundt derude som små farvede prikker, i gang med hver deres gøremål for at holde hele dette maskineri i gang.

"Te," siger jeg, og en tjener dukker op med en stor kop dampende te og en serviet. Teen har en aromatisk, citronagtig duft og smag. Med teen i den ene hånd og servietten klemt fast under bæltet, fortsætter jeg rundt om endnu et hjørne og ser nu muren, der afskærmer den brolagte gårdsplads fra haven. Selv om jeg føler mig lige vel hjemme ved hoffet, som på markedspladsen og i værkstederne, er det dog naturen, der giver mig den største tilfredsstillelse og ro. Dette gælder også markerne, skovene, fiskedammene og floden, men når jeg skal have helt fred, er det bedste sted min vidunderlige

have. Her pusler gartnerne med deres utallige gø-
remål, hvilket giver mig den tilfredshed at vide, at
der skabes noget. Lydene fra de små vandløb og
vandfald virker beroligende og jeg kan sidde og
blive opslugt af en blomst eller et insekt og føle en
samhørighed med alt.

Efter at have rundet endnu et hjørne, går jeg hen til
trappen, der fører ned til haven. Mens jeg langsomt
går ned, et trin ad gangen, føler jeg, at jeg stiger ned
i en berusende duft, der omslutter mig og byder
mig velkommen. Varmen slår mig i møde fra sten-
fliserne, men det er en behagelig varme blandet
med fugten fra vandet, som netop er blevet tilført
de sarte vækster. Det fordampende vand bringer
duften af muld med sig og jeg fornemmer en dyb
forbindelse med jorden.

En speciel glæde fylder mig og jeg tænker i glad
forventning på udflugten, som jeg skal foretage
ned til floden her til middag. Jeg skal spise frokost
med min elskede Jun på et tæppe i skyggen un-
der det store træ. Jeg ved, at tårerne vil løbe ned af
mine kinder, når hun synger sine sørgmodige og
følelsesfulde sange for mig. Og jeg ved, at den kø-
lige hvidvin vil gøre mig ør i hovedet og Juns kær-
tegn vil vække sommerfuglene i min mave. Hvor
er glæden, skønheden og kærligheden livets største
gaver.

En lav bænk tæt ved noget rislende vand inviterer
til en kort stund at sidde med lukkede øjne og de
andre sanser åbne, inden jeg må tilbage til de dag-
lige pligter. Der er meget at lave og jeg ved, at der
er mange, der står og tripper for at tale med mig i
forskellige ærinder. Jeg elsker både den megen ak-

tivitet og roen omkring mig. Hver ting til sin tid.
Jeg tager et dybt åndedrag og rejser mig; jeg må
videre i mit liv.

Udåden

Jeg har efterhånden fundet ud af, at jeg ikke nødvendigvis optræder mere vis fra ét liv til et senere liv i kronologisk rækkefølge. Jeg må derfor formode, at det ikke er visdommen som sådan, der har højeste prioritet op gennem livene. Jeg har også gået og spekuleret på, om jeg har været en, skal vi kalde det, dårlig person i andre liv. Det fik jeg bekræftet med denne lille sekvens, der dog er i den milde ende af skalaen, selv om det er smertefuldt for ofrene. Jeg er godsforvalteren i drømmen, men jeg observerer den fra et sted i nærheden og er ikke involveret i personens tanker, følelser og smerter.

Hr. Verner, godsforvalteren sidder nøgen på træhesten, der til denne specielle lejlighed er placeret midt på møddingen. Hans hænder er bundet på ryggen og hans fødder under hestens mave. Hans blege, hvide krop skinner i kontrast til hans møgindsmurte lem, der er dækket af fluer. Er han overhovedet i live?

"Hr. Verner?" Er der en der råber. Øjenlågene glider en smule op og der er en trækning ved mundvigen.

"Så skær ham dog ned, en eller anden!"

Da hans sammenbundne fødder bliver skåret fri, glider han sidelæns af træhesten og ender i sølet med et plask.

"Føj for den lede!"

Han har endnu engang forgrebet sig på en af pigerne. Den forkerte, skulle man vel sige. En pige med tilknytning til én der havde 'nosser' nok til at gøre noget ved det, eller i hvert fald én, hvis bæger var flydt over.

Jeg ved ikke, om hr. Verners efterfølgende tilstand skyldes et mentalt knæk, da nogen havde vovet at angribe ham eller om det var det slag i baghovedet, som han pådrog sig før han, sandsynligvis bevidstløs, blev bundet til træhesten eller måske tiden som han tilbragte på den.

Normalt vil en tur på træhesten være mere ydmygende end smertefuldt, men da hr. Verner ikke var vant til at lide denne fysiske overlast, kunne det, sammen med slaget i baghovedet, være grunden til hans omtågede fremtoning. Det er vel sandsynligvis en kombination af disse ting. Jeg har en viden om, at hr. Verner aldrig blev sig selv igen, men tullede rundt, talte 'sort' og ikke kunne gøre en flue fortræd.

Jeg har derefter fået andre glimt af grimme ting, hvor jeg oplever at være mere direkte involveret.

Jeg har for eksempel i sindssyge følt det nødvendigt at skære en dræbt kvinde i småstykker og putte stykkerne i små flasker eller glas. Det var ikke for at få liget skaffet af vejen og jeg havde heller ikke følelsen af, at ingen måtte få at vide, at jeg havde dræbt hende, men jeg følte en stor nødvendighed i den besynderlige måde at behandle liget på efterfølgende. Jeg fik ikke nogen forklaring på, hvorfor det var så nødvendigt, men der var måske heller ikke en grund, men kun selve følelsen af, at det var essentielt.

Det foregik i et mørkt træskur, måske et værksted, hvor rummet var delt i to af et stort og bredt arbejdsbord, hvorover der hang hylder ned fra loftet med ting, som jeg dog ikke hæftede mig nærmere ved.

Heller ikke denne gang oplever jeg scenen i førsteperson, men kan dog fornemme mandens følelser omkring udåden.

Oppasser for en egyptisk prins

Der er stilstand i kampene. Prinsen ligger på sit leje under teltdugen på feltbriksen og hviler sig. Kampene mod fjenderne har været voldsomme og han er udmattet. Han må samle kræfter, før vi igen skal i kamp. Jeg har vasket ham og smurt ham med velduftende olier. Han ligger på ryggen med lukkede øjne og armene ned langs siderne. Jeg stiller mig ved hans fødder og lægger hænderne på hans knæ. Han sukker. Jeg føler energierne strømme ud gennem mine håndflader til muskler og sener i prinsens knæled begynder at regenerere og affaldsstofferne løsner sig og kan blive udskilt. Jeg giver ham mere vand at drikke. Han protesterer, han føler sig for udmattet, men jeg minder ham om, at det er nødvendigt, både for udrensningen og for væskebalancen i kroppen. Han drikker lidt af vandet. Jeg kalder ham A-tara og 'min prins', selv om ejerforholdet mere er den anden vej rundt.

Efter at prinsen har hvilet sig, får jeg ham endelig til at spise noget. Jeg har bestilt noget, der er let at spise og som samtidigt kan give ham styrke og energi. Stegt fugl, brød, frugtstykker dyppet i honning og frugtsaft. Til sidst en styrkende te.

Jeg føler stor hengivenhed for A-tara. Jeg misunder ham ikke hans position, for presset og ansvaret er enormt. Gennem hans opvækst har der kun sjældent været tid til fornøjelser og til at slappe af, eller bare at gøre det, som han har haft lyst til. Derfor har mit mål også altid været, siden jeg blev tilknyttet ham som oppasser, at gøre livet så let og behageligt for ham som muligt. Heldigvis har jeg, som hans personlige oppasser, stor indflydelse på de lavere rangerende servicemedarbejdere, hvilket gør det lettere at få mange ting igennem.

Stenalder

Jeg går langs en isdækket kyst i en stor bugt og kan høre havet bruse længere ude, hvor isen stopper. Det er tøvejr, isen er blød og jeg bevæger mig derfor inde på stranden, der er fyldt med sten og klippeblokke i alle størrelser. Det samme gælder isblokke, selv om de bærer tydelige spor af, at forårets højere temperaturer er ved at få overtaget. Isen i bugten er grødis, der er blevet presset herind af vinden. Isen bruger nattens få frostgrader til at prøve at holde sig intakt, men dens dage, som fast struktur, er talte. Lidt længere inde er en bank med dødt græs fra sidste år, men det vil hurtigt ændre sig, og forårets vækster vil snart skabe liv og kulør her. Banken holdes til dels sammen af lave fyrretræers rødder. Disse fyrretræer danner fronten af en større fyrreskov, der strækker sig længere ind i landet.

Mit tøj er af dyreskind, mest ulv og ren, og jeg har mokkasiner på fødderne. Ulvepelsen med hætten bliver skiftet ud med en skjorte af skind fra et rensdyr, når det bliver en smule varmere i vejret, og det lange lændeklæde, der nu er temmelig laset efter en lang vinter, bliver erstattet med et kort, der giver bedre mobilitet. Det næste par mokkasiner bliver forsynet med lufthuller, så fødderne ikke koger. Jeg glæder mig utrolig meget til at varmen indfinder sig, og jeg kommer i tanke om de bær og frugter jeg skal guffe i mig, men det må vente et godt stykke tid endnu. Lige nu må jeg nøjes med mindet om smagen.

Jeg er på vandring, men opholder mig i nogle dage

på en nærliggende boplads, hvor også mit rejse-
gods ligger. Jeg rejser alene.

Jeg bliver bragt tilbage fra tankerne om sommerens
sødme, da jeg opdager et par rensdyr, der har søgt
ned mod iskanten. De er tydeligvis skræmte. Først
regner jeg med, at det er nogen fra bopladsen, der
jager dem, men så dukker et par ulve op. Det er
uden tvivl dem, som de forsøger at flygte fra. Nu
kommer der flere ulve til. Jeg ser mig omkring for
at sikre mig, at jeg ikke kan blive lukket inde af ul-
veflokken, og opdager en mand fra bopladsen der
kommer fra en anden retning og som også har set
dyrene. Han har sine jagtvåben med; både spyd og
bue. Pilekoggeret, der hænger så lavt til venstre på
hans ryg, at han kan nå en pil under armen med
buen, hopper op og ned. Da jeg ikke er bevæbnet,
påtager jeg mig helt naturligt rollen som 'klapper'
der genner dyrene hen mod jægeren. Jeg bevæger
mig langs nogle isblokke, da jeg bliver opdaget af
en ulv, der fungerer som klapper for ulveflokken.
Den må have hørt mig komme, for den har allere-
de trykket kroppen sammen mod underlaget til
spring. Jeg når ikke at tænke, før den angriber mig
ved at springe op efter min hals, og min ene arm
farer op for at beskytte mig mod angrebet. Jeg er
ikke bange uanset udfaldet af kampen.

*Som Yadar og betragter, undrer jeg mig over dette, men
det må vel være en naturlig del af livet på den tid, hvor
begivenheden foregår. Døden er der hver dag, så man
ville leve i evig angst, hvis man ikke havde gjort døden
til en naturlig del af livet.*

Jeg formår at holde ulvens hoved løftet over mit
eget med den ene underarm presset mod dens

hals, mens jeg famler efter en kortbladet kniv, som jeg har i lommen. Jeg får hurtigt lirket kniven ud af skeden og ulven dør med et hyl og derefter et piv, da jeg stikker den i halsen. Under normale omstændigheder vil en ulv ikke gå til angreb på et menneske, men dens instinkt fortalte den vel, at jeg var en konkurrent, eller også var det blot jagtrusen der styrede den. Kniven, hvis blad ikke er længere end min korteste finger og lavet af sten, bærer jeg som et minde om min far, der selv har lavet den og givet mig den, da jeg kun var et barn. Jeg har kun en svag erindring om min far, men kniven bærer jeg altid på mig.

Jeg er gået i knæ og vælter nu ulven over til siden, så jeg kan komme på benene igen. Ulvene har fået fat i det ene rensdyr, og da jeg vender mig om, ser jeg jægeren slippe buestrengen og hører lyden af pilen der banker ind i hjertet på det andet rensdyr, der i sin forvildede tilstand er løbet hen imod ham. Med den døde ulv over nakken, skynder jeg mig hen til ham, da det ikke er klogt at opholde sig alene ved et nedlagt bytte, når der er ulve i nærheden.

Manden er kraftig bygget og med sort hår og skæg. Han har venlige, mørke øjne og ser hen mod mig med et bredt grin.

"Du fik dig en varm ulvepels, kan jeg se! Jeg ser dog ingen våben. Hvordan klarede du det?"

"Normalt ville jeg have taget min kniv med mig, men jeg havde kun planer om en kort smuttur rundt i bugten på stranden. Jeg har altid denne lille ting med mig; det er min første kniv. Jeg fik den af min far, da jeg var ganske ung."

Han vender den lille kniv i sin store næve.

"Ja, lidt har også ret, men det kunne sandelig let have gået anderledes, så det var ulven, der havde reddet sig et blegt måltid."

Han rækker kniven tilbage og præsenterer sig.

"Jeg hedder Olger og er her med min kvinde og to unger. Ja, og med en tredje på vej."

Jeg præsenter mig som Jorge.

Olger laver en hurtig partering af renen, mens jeg flår skindet af ulven. Jeg beholder også kraniet, men lader resten ligge. Det tager ulvene uden tvivl. Bagefter hjælpes vi ad med at slæbe byttet tilbage til bopladsen.

Mens vi aser tilbage til bopladsen, fortæller jeg, at jeg er på vandring alene, og ikke har en familie. Olger inviterer mig hjem, og det viser sig, at han er på stedet sammen med to af sine brødre og deres familier. Han vil forære mig halvdelen af renen, da han ikke selv har kunnet bære det hele hjem, og ulvene sikkert ville have hugget den anden part, inden han kunne være nået tilbage efter den også. Vi laver dog en handel, hvor han får hele renen og ulveskindet, og jeg til gengæld får et klargjort rensdyrskind fra sidste sommer. Nu har jeg nok til at kan lave mit nye tøj. Hårsiden skal holde forårsregnen ude, og når dyrene har fået en fin sommerpels, kan jeg lave sommertøj heraf, da hårene på forårstøjet hurtigt vil blive slidt af.

Endelig er vi tilbage på bopladsen, og vi smider vores byrder foran Olgers telt. En kvinde stikker hovedet ud af teltet, og kommer så ud og hilser på. Kvinden er kraftig, men Olger løfter hende op, som var hun en nymfe.

"Dette er Jorge. Han har hjulpet med at bære renen hjem. Han er en bette skid, men har åbenbart skjulte kræfter. Han slog også en stor krabat af en ulv ihjel, næsten med de bare næver."

"Mit navn er Fridun. Tag dig ikke af Olger; han har ikke den store pli, men han taler lige fra hjertet, derfor lyver han heller ikke, selv om han til tider kan have en noget livlig fantasi."

Der kommer et par beskidte børn rendende fra skoven. De må have hørt deres fars stemme. De har to hunde med, hvilket er en god ting, når der er ulve i nærheden.

"Far, far, vi har fanget en bjørn," råber de i munden på hinanden, mens de med strålende øjne falder deres far om halsen.

"Hm," siger Olger, "Det var vel en af den døde slags, ikke?"

"Jo, det var mere skelettet, men den har været rigtig farlig!"

Det er drengen der taler. Han er vel seks år, og et år ældre end sin søster.

"Hvem er du?" spørger pigen.

"Mit navn er Jorge, og jeg er på rejse ud i den store verden. Jeg har set skelettet af bjørnen i skoven. Det har været en ordentlig bamse. Hvad er dit navn?"

"Stinne," siger pigen, og bliver lidt genert, da jeg
på den måde kommer tæt på hende.

"Og jeg er Bjørn," siger drengen. "Det er fordi, jeg
bliver lige så stor og stærk som min far."

Hans mor purrer op i hans stridte hår. "Det gør du
sikkert, med alt den mad du sætter til livs. Du spi-
ser snart lige så meget som din far."

"Jeg er sulten," siger drengen omgående, nu da
han bliver mindet om mad.

Hans mor vender øjnene mod himlen og peger hen
på nogle flade sten, hvor der ligger rester fra mor-
genmaden.

Olger og jeg får os først et bæger vand, og så laver
Fridun en varm te til os. Jeg hælder en smule koldt
vand i teen, så jeg kan drikke den med det sam-
me. Kort efter sætter jeg kruset fra mig og henter
min jagtkniv i bivuakken, hvorefter vi alle tre, går i
gang med at partere renen.

Bopladsen ligger ikke i fyrreskoven, men i en lys-
ning omgivet primært af løvtræer kun med enkelt-
stående fyrretræer. Rundt i kanten af lysningen
er der lavet en form for indhegning af granris og
andet træ til at holde vilde dyr ude fra bopladsen.
Hver familie har mindst én tipi. Senere vil der kom-
me nogle lette hytter til det forråd, der bliver sam-
let. Der vil også komme rygeovne til fisk og kød.
Folk skal også i gang med at lave et par både. Olger
regner med, at pladsen kan rumme et par familier
mere, men kommer der flere, må de drage længe-
re op ad kysten, da stedet ikke vil kunne brødføde
flere. Heldigvis kan man altid tage på besøg. Da jeg

ikke har planer om at blive her så længe, har jeg
blot lavet mig en lav bivuak med et leje af granris.

Senere på aftenen får jeg tilnavnet Wolfbane. Jeg
syntes nu, at det var meget at gøre ud af, at jeg hav-
de dræbt en ulv med så lille en kniv, også selv om
ulven var en ordentlig krabat.

Wolfbane

Jeg er i en landsby med mudrede gader. Det har regnet og da folk til stadighed bevæger sig rundt, bliver der æltet mere og mere mudder op. I landsbyens midte er der en stor og mudret plads, der bliver brugt som markedsplads. Landsbyen har ingen forsvarsværker, så da det rygtes, at der er fjendtlige mænd på vej nordfra, foranlediger den lokale stormand, at alle er med til at bygge et bolværk af planker som et lille fort midt på den åbne plads. Der arbejdes på højtryk og fortet bliver så stort, at alle kan søge tilflugt her. Jeg er med i dette arbejde, men jeg er ikke her fra byen og bor her ikke. Mit navn er igen Wolfbane.

Jeg kan ikke sige, at vi vandt slaget. Det var nok mere, at angriberne opgav deres forehavende, da de så forsvarsværket. De plyndrede landsbyen på må og få, men vore bueskytter gjorde det svært for dem og beboerne havde ikke efterladt noget af væsentlig værdi. Det var ikke her, at rigdommen blomstrede.

Vi fester om aftenen ude i det fri. Alle er samlet mellem højene udenfor byen og der er dækket op med mad og drikke på tæpper, spredt ovenpå lyngen i hulningerne. Der brænder bål hist og her og der dufter af stegt kød. En dreng starter på en sang og andre følger så efter. Det er en sang, som alle på stedet kender, dog ikke jeg, men jeg kender drengen fra et andet sted; en anden tid. Sangen udvikler sig til en kædedans gennem landskabet. Der er en lettet stemning og en følelse af sammenhold.

Næste dag begyndte man at bygge en plankebelagt gade gennem byen, så man slap for mudderet. Plankerne kom fra fortet, nu da det havde gjort sin gavn. Jeg er ikke med til dette arbejde, da jeg drager videre ud over heden mod nye oplevelser.

Kataren

Jeg sidder i en åben vogn, trukket af heste. Jeg er på vej til et møde, hvor også en del af mine venner er inviteret. Inviteret er nu så meget sagt, for kongen har beordret os til at møde op, for at høre dennes beslutning omkring vores skæbne i en vigtig sag. Jeg føler en dødelig angst og regner ikke med, at mit liv vil vare ret meget længere.

Vognen kommer til den store stenbygning i ét plan; den er høj og med høj rejsning. Der er en del soldater til stede. Jeg fryser, som om det var vinter. Døren står åben og der er en vagt på hver side. Der er allerede flere vogne, og foruden soldaternes heste genkender jeg nogle af mine venners heste på våbenskjoldene. Jeg går med tøvende skridt ind ad døren. Der er også en soldat på hver side af døren indenfor. Det er ét stort rum med et par ildsteder, der umuligt kan varme rummet op. Der er kun tændt op i det ene, men der er sat fakler op i holderne på murene. De skulle lyse rummet op, men for mig, i min sindstilstand, medfører deres gule lys blot, at alt i rummet kaster mørke skygger. Der er placeret et langt bord midt i rummet og der er stole med høje rygge placeret omkring det. Med bøjet hoved og uden at se mig rundt går jeg lige frem og sætter mig på en stol, der er placeret omtrent midt på langsiden af bordet og lige overfor døren. Ingen af os, der allerede er kommet, siger noget. Der høres blot en stols skramlen mod stengulvet og ellers ildens knitren og af og til et smæld i ildstedet og faklernes sprutten og væsen.

Kongens udsending har ikke vist sig i rummet, men

jeg så vognen stå udenfor. Han må være i hoved-
bygningen. Vi venter i det uendelige, men endelig
er der røre ude i gården og forhandleren kommer
ind. Han gør en del væsen af sig og er længe om at
komme i gang. Der bliver læst en del op, men sagen
går ud på, at vi skal frasige os vores kætterske tro,
som blandt andet indeholder genfødsel, foruden et
løfte om ikke at bruge våben mod kongen.

Herefter bliver alting sløret for mig og jeg føler en
forfærdelig angst. Det næste jeg oplever, er, at jeg
opholder mig i gården og to soldater holder mig
nede, mens en tredje skærer højre hånd af mig, min
sværdhånd.

Alkymistens hemmelighed

At optræde som alkymist er en måde at få adgang til folk med indflydelse på og derved påvirke dem til et andet livssyn. Ofte oplever man dog, at folk ikke har bevidsthed til at kunne modtage og forstå alkymistens 'hemmeligheder'. Man kan trække hesten til vandtruget, men man kan ikke tvinge den til at drikke, som man siger.

Alkymisten formidler ikke religion eller tro, da tro blot er den anden side af tvivl, hvilket gør, at tro til stadighed må bekræftes.

Alkymisten formidler dybest set ikke mental viden, men en resonans i det enkelte menneskets bevidsthed.

Herunder er nogle af alkymistens hemmeligheder.

Du er menneske og ånd og der er ingen gud over dig.

Du bliver ikke dømt, straffet eller belønnet for dine gerninger.

Du er skaber af dit liv ved de valg, du tager og dit liv er dit ansvar.

Du som sjæl er udødelig og evig; derfor er du ikke skabt.

Sjælen er din bevidsthed, visdommen er din sjæls oplevelser gennem mennesket, og mennesket er sjælens redskab, hvor igennem den oplever.

Sjælen er din menneskelighed, din medfølelse.

Sjælen er din kærlighed og accept af dig selv.

Du har lukket din sjæl ude, hvis du ikke elsker dig selv.

Mød din sjæl i følelsen 'jeg eksisterer!'

Energi er fremkommet gennem bevidstheden, gennem sjælen.

Alt andet end bevidsthed er energi.

Energi er personlig, kan ikke tages fra dig og der er masser af det.

Energi er skabt for dig.

Du skal ikke arbejde for at få energi. Energi arbejder for dig og dine dybeste befalinger.

Hvis dine dybeste befalinger er, at du vil opleve ikke at have nok energi, så vil energien give dig denne oplevelse.

Tid er energi.

Energi kan transformeres til neutral eller hvilende energi og derved genbruges.

En mysterieskole

Jeg oplever at bo i en form for lukket samfund. Det er virkelig et sted, som jeg holder af at være og hvor jeg føler mig tryg. Som regel behandler vi hinanden godt og tager os af hinanden, selv om nogle diskussioner kan få bølgerne til at gå højt.

Jeg føler mig meget hjemme her. Jeg skal måske sige, at det føles meget hjemligt. Det foregår bestemt ikke i min tid. Alt er forskelligt fra det, jeg kender, bortset fra følelsen af at være hjemme. Folks ansigter, frisurer og påklædning er fremmede og det er byggestilen også. Jeg ved, at jeg har været her længe. Jeg har endda været med til at bygge det meste af slottet og de omkringliggende bygninger. Mange af den nærliggende landsbys beboere arbejder her eller handler med os.

Nogle af os er kaldt til 'forvisningsceremonien'. Det lyder negativt, men er faktisk kulminationen på det, som vi har udviklet os til. Vi er en lille flok, der står på scenen foran podiet.

Professoren udtaler blandt andet: "I er i sandhed blevet vise kvinder og mænd, som er fundet værdige til at blive sendt ud i den store verden. Dette er for at bringe jeres visdom til dem, der er klar til at modtage den."

"I har været en del af dette samfund og bidraget til den. Her har I samlet visdom, enestående som den er, og vokset op til de modne og selvstændige mennesker, der nu må ud og så de frø i den ydre verden, som I har samlet her."

"Det er mig en ære at give hver af jer titlen magiker, og jeg ved, at lige gyldigt, hvad der sker derude, og ligegyldig hvad I synes om det, vil det bidrage yderlige til jeres visdom og bringe jeres lys til dem, der klar til at modtage den."

"Dine frø er klar, men vær opmærksom på, at det kan tage noget tid før de spirer. Dette vil være uden for jeres kontrol. Dette er udelukkende modtagernes ansvar."

Efter tur får vi nu overrakt et fint, karmoisinrødt tørklæde af professoren. Så henter vi vores ejendele, der allerede er pakket, og går i samlet flok mod porten. Alle, der har mulighed for det, følger os på vej. Afskeden er meget sørgmodig, med snøft og tårer, og ingen af os har virkelig lyst til at forlade stedet og de mennesker med hvilke vi gennem lang tid har opbygget tætte venskaber.

Spejlet i katedralen

Jeg står foran en kæmpestor, hvid stenbygning med tårne og spir. Jeg kan ikke se, om den er kalket eller bygget af marmor. Bygningen er forsynet med utallige store, buede vinduer med mangefarvet glas der danner smukke mønstre. Foran mig er der en enorm to-fløjet, buet port af mørkt træ med udskåret ornamentik med slyngplanter og blomster. Planter og blomster er malet i dæmpede grønne og røde farver. Sollyset reflekteres i de hvide mure og træportens gyldne bolte, og jeg er bjergtaget af bygningens størrelse og skønhed. Bygningen står mod en baggrund af himmelblåt, der synes at give hele sceneriet yderligere dybde.

Portens to fløje går langsom op og jeg mødes af et blændende hvidt lys, der langt overgår de hvide mure. Jeg undrer mig over, at der er mere lys derinde end her udenfor i solskinnet. Måske fører porten kun ind til en åben gård?

Jeg træder ind gennem den åbne port og ser, at væggen overfor mig er et spejl, som genspejler det lysende væsen, som jeg er. Samtidig føler jeg en stor kærlighed og anerkendelse af, hvad jeg er, og jeg tager en dyb indånding og fornemmer, at jeg på udåndingen slipper alt det, som har holdt mig nede og dæmpet mit lys, og som jeg troede, var en del af mig.

Det går op for mig, at det er en virkelig stor katedral, som jeg befinder mig i. Jeg står midt i rummet med buer under loftet holdt oppe af vældige søjler. Selv om det er en storslået oplevelse, føler jeg snart en trang til at skulle videre. Jeg vender mig atter mod porten og forlader katedralen og genskæret af, hvad jeg er. Jeg må ud i livet og fortsætte min rejse med denne vidunderlige oplevelse siddende dybt i mit hjerte.

Spejlet i mørkets dyb

Jeg befinder mig i en mørk katedral, hvor der kun kommer lidt månelys ind gennem små vinduer højt oppe. Den er primært bygget af træ og her lugter råddent og jeg kan mærke, at jeg træder i mudder. Jeg er utryg ved situationen og ser mig om efter en mulig udgang. Først går jeg ud til den ene side for at følge væggen og søge efter en dør. Her dukker små rum op, et efter et. Herinde er der helt mørkt og jeg føler, at der lurer noget mørkt og hæsligt inderst i hjørnerne. Jeg går fra rum til rum, men går ikke helt ind i bunden, da jeg intet kan se der og jeg bestemt ikke har lyst til at føle mig frem. Efterhånden som jeg har været inde i flere rum, føler jeg, at så længe jeg holder mig væk fra det totale mørke, sker der mig ikke noget. Lige så vel som jeg ikke vil ind i mørket, vil det, der er i mørket, lige så lidt ud derfra.

Efterhånden har jeg været hele den ene side igennem uden at finde en vej ud og er nu ved at være temmelig utålmodig. Jeg ser tilbage gennem det store rum, hvor jeg kom fra og mener at kunne ane en port i den anden ende. Den var der da ikke før? Jeg skynder mig tilbage og er ved at falde i pløret på gulvet. Jeg når ned til bunden af det store rum og ganske rigtigt, så er der en stor port her, som er delt i to fløje. Det ser ikke ud til, at den har været åbnet i meget lang tid. Der er ikke et egentligt håndtag, men en stor slå på hver fløj, der er skudt over på den anden. Jeg maser et stykke tid og får dem så til side. Fløjene skal trækkes mod mig og jeg tager fat i den ene, men stopper så. Jeg kan ikke vide om, det er vejen ud, eller om det er et stort rum, der gemmer på noget ganske forfærdeligt. Efter at have sundet mig lidt, trækker jeg forsigtigt i den ene fløj. Jeg må lægge alle kræfter i, men så giver den sig også ganske langsomt. Da der er blevet skabt en smal sprække, stopper jeg og kigger ind. Der er bælgmørkt og det føles ikke, som om det er en dør til ud til det fri. Dog undrer jeg mig over, at det ikke slipper en fæl lugt ud og beslutter at gøre åbningen større. Nu er sprækken stor nok til, at jeg kan gå igennem, men jeg vil helst have åbnet begge fløje helt, inden jeg går ind, for tænk nu, hvis de pludseligt smækker i og jeg er fanget derinde. Jeg får begge fløje helt op, men kan stadig ikke se noget. Det er, som om der hverken trænger lys ud eller det svage lys i det rum jeg står, i kan trænge ind.

Det må briste eller bære og jeg går forsigtigt fremad med den ene arm strakt frem. Jeg når kun et enkelt skridt frem, før jeg opdager, at det er et slags spejl af mørkt glas som jeg har foran mig. Jeg er i tvivl om, om jeg overhovedet kan se mig selv i spejlet. Jeg går tæt på og ser ind i det. Jo, der er en svag kontur. Jeg strækker hånden frem og prøver at røre spejlet med en finger. Der er noget, men det føles som en gummimembran, der giver efter og der dannes en fordybning i overfladen. Jeg trykker hårdere og hullet bliver større. Nu begynder hånden at forsvinde ind i hullet og jeg bliver pludselig meget bange. Vil det opsluge mig? En tanke slår ned i mig: "Det er dit mørke. Er du bange for dig selv?" Kan man være bange for sig selv? Det kan man vel ikke, men man kan være bange for ens mulige handlinger. "Jeg gør det," siger jeg til mig selv. "Jeg tager valget og jeg tager ansvaret."

Det er ikke svært at bevæge mig fremad, men da jeg skal have ansigtet med, føler jeg en stor angst. "Videre. Tag en dyb indånding og gå igennem." Jeg tager en dyb indånding, holder vejret og kniber øjnene hårdt i, før jeg hurtigt tager det ene trin, der får mig igennem. Jeg står stille lidt, stadig med lukkede øjne. Så slipper jeg vejret og trækker forsigtigt det første åndedrag gennem næsen. Der er ingen lugt og jeg åbner langsomt øjnene. Her er helt mørkt, så jeg lukker og åbner øjnene for at være helt sikker på, at de nu også er åbne. Det er de. I det samme føler jeg mig dybt rørt, som om en stor kærlighed strømmer gennem mig. Her er et væsen, nogen, der sender mig sin kærlighed, men jeg kan stadig intet se.

"Luk øjnene, så du ikke skal anstrenge dig for at se noget. Jeg kan ikke ses, kun sanses."

Jeg lukker straks øjnene og står nu i denne vidunderlige følelse af at være elsket. "Hvem er du?"

"JEG ER," lyder det kryptiske svar.

"Hvad laver du her i mørket?"

"JEG ER," lyder det igen.

Jeg fornemmer et smil, men ikke som et billede af en smilende mund, men som et smil, der er sanset, følt.

"JEG ER blot her. Jeg GØR ikke noget. Jeg ER din sjæl, jeg ER dig, og jeg ER sammen med de ting, som du, som forskellige mennesker i mange liv, har fornægtet ved dig selv. Jeg er her i ubetinget kærlighed og med fuld accept af disse 'ting'."

Jeg udbryder: "Disse ting, som også er mig! Ja, naturligvis. Gemt væk, fornægtet, foragtet og forhadt. Nu forstår jeg. Jeg er i spejlet og spejlet viser mig min mørke side. Jeg slipper først helt fri ved at gå gennem spejlet og erkende, at jeg i mørket finder dig, min sjæl, der kærligt omfavner de ting, som er blevet skubbet bort af mit menneskelige selv."

Med denne erkendelse føler jeg, at jeg bliver blæst igennem af en frisk vind og jeg ser lys gennem de lukkede øjenlåg. Jeg husker en anden katedral og et andet spejl, og åbner øjnene.

Jeg er i mit soverum som Yadar, hvor sollyset strømmer ind og forstår, at det er op ad formiddagen. Det er, som om jeg ikke kan rumme denne erkendelse i mit sind. Det er, som om min hjerne nægter at beskæftige sig med oplevelsen og nu forstår jeg, at det er sindet, der foretager disse fordømmelser og skaber dette mørke.

Tira, Den Smukkeste

Drømmen starter med et vulkanudbrud, hvor jeg er ganske tæt på og i øjenhøjde med kraterranden. Vulkanen har dannet en lille ø ude i havet og jeg kan svagt se solskiven gennem aksen fra vulkanen. Foruden det store krater er der et meget mindre nede på siden af keglen, der rejser sig over havet. Foruden lavaen, skaber aksen store problemer viden om. På grund af den megen ravage, da vulkanen endelig falder sammen, dannes en flodbølge, der farer ind mod kysten i det fjerne. Oplevelsen foregår i hurtigt tempo, og snart forsvinder aksen og jeg ser øen som en krans af klippe med vand indeni og en lille ø i midten. Kransen er brudt to steder, så der er adgang til dets indre fra havet. Jeg ser en meget smuk by dernede, bygget på kransen og helt ud til kanten, der går stejlt ned mod havet. Der er også en lille havn med nogle både. Jeg fornemmer ordene 'Tira, Den Smukkeste', navnet på øen.

Der er gået lang tid fra vulkanudbruddet og til den næste oplevelse, hvor jeg befinder mig i byen. Jeg har lige købt et hus. Det er bygget af soltørrede lersten med et tykt lag puds og til sidst kalket, så regnen ikke opløser stenene. Al træværket er malet lyseblåt, og huset er i samme stil som alle bygninger på øen. Det har ikke så stor en grundplan, men det er i to etager plus arealet på det flade tag. Huset ligger forholdsvis tæt på den lave mur, der skiller grunden fra vejen, men der er dog plads til en lille flisebelagt plads foran huset, hvor jeg kan sidde og tage livet ind, mens jeg nyder et glas te eller måske vin, for eksempel Retsina, alt efter hvad jeg foretrækker på det givne tidspunkt af dagen. Nabohusene ligger tæt på og bygget i samme stil. Murene, der markerer naboskellene, er så lave, at de mere fungerer som symbolske skel, da man let skræver over, når man bliver inviteret på besøg. Bag huset er der lidt mere jord og her vokser alle former for krydderurter og urter til te, og der er også blevet plads til nogle grønsager og nogle lave frugttræer, citron, æble, figen og kirsebær. Nederst i haven deler jeg et stort oliventræ med naboen, da det står i skellet. Jeg kan se, at der er spor efter nogle høns, som den tidligere ejers lejer havde til at gå i haven, men jeg ønsker ikke at holde hverken fugle eller dyr. De er en del af naturen og skal ikke henslæbe deres liv i byen, for til sidst at ende som føde for mennesker. Hvis jeg rydder sporene efter hønsene, kan jeg have nogle vinranker, bare så jeg har lidt, jeg kan gå og spise af.

Jeg er lige kommet ude fra gaden og har lukket den lille lyseblå trælåge efter mig, der primært skal holde gadens hunde ude. Det nærmer sig middag og varmen flimrer fra al murværket, der ikke ligger i skygge. Efter få skridt når jeg døren og træder ind i mørket og køligheden. Det er nu hverken særlig mørkt eller køligt i rummet, fordi sanserne spilles et puds på grund af det stærke lys og varmen fra Solen, som jeg lige har forladt.

"Hmm," kommer det dæmpet fra mig, da jeg forbereder mig på en kritisk gennemgang af huset. Jeg ser mig først lidt omkring i det forreste rum, der vel optager omkring halvdelen af huset nedenunder. Jeg ser, at det, som den tidligere ejer mener, er indflytningsklart, divergerer noget fra min mening om samme. Her skal vægge og lofter kalkes, og lergulvet skal slibes plant med sand og påføres et nyt lag lyst ler. Dette skal nu ikke ødelægge mit gode humør over at have fået dette hus, og da jeg går op ad trætrappen til første sal, kan jeg virkeligt mærke, at det er mit hus og at det byder mig velkommen. Det virker næsten, som om jeg har været her før, så hjemligt og genkendeligt er det.

Mine øjne har justeret sig ind efter lysforholdene og rummet, der er af samme størrelse som det nedenunder, virker lyst og indbydende. Der er to døråbninger, som fører ind til to rum, der hver især er omkring halvt så store som forrummet. Væggene er placeret nøjagtigt ovenpå væggene i stueetagen. De to etager er altså stort set identiske, bortset fra indgangsdøren i stueetagen og placeringen af trappen op til taget. Trælemmen øverst er lukket og da jeg skubber på for at åbne til taget, kan jeg mærke, at den trænger til at blive skiftet ud.

Jeg går ud på taget, og mens jeg nyder at få et meget bedre overblik over nabolaget end det, jeg kan få nede fra gadeplanet, laver jeg et mentalt notat om, at jeg hellere må få lavet et lille overdække over lemmen, enten af træ eller muret op. På den måde vil trælemmen og nedgangen være mere beskyttet mod de voldsomme regnskyl senere på året. Lige nu er der kun en lille kant omkring lemmen for at forhindre regnvandet på taget i at løbe ned i huset. Jeg beslutter så, at overdækningen skal mures op, og et ansigt og et navn dukker op. Jeg føjer det til notatet.

Jeg kigger ud over byen, og selv om huset ikke ligger højst, kan jeg dog alligevel se noget af havet, der reflekterer Solen i de tusindvis af bølger, der danser på dens mave. Uden havets rigdomme og muligheder for transport ville vi slet ikke have en by herude på denne dejlige ø.

Olympia

Det starter med en følelse af frihed og glæde. Jeg befinder mig ude i det fri på en stor åben plads udenfor muren omkring et stort tempelområde. Der er et lavt bjerg i baggrunden. Det er varmt, Solen skinner fra en smuk, skyfri himmel og jeg kan mærke en svag vind på min krop. Da jeg kigger ned ad mig selv, ser jeg, at jeg er nøgen og mand. Der er andre nøgne mænd omkring mig, alle venner eller bekendte. Vi befinder os på en sportsplads, et stadion, lige som dem, vi har her i Alt. Vi skal i gang med at træne løb og er her ikke mindst for at se, hvordan vi placerer os i forhold til hinanden. Vi glinser af den olie, som vi har smurt hinanden ind i, også selv om det kun er træningsløb. Tilskuere er trænere, mentorer, deres og vores egne tjenere og enkelte andre, der har fundet tid til at se på. Tilskuerne befinder sig på en jordvold, der går hele vejen rundt om sportspladsen. Alle er mænd, kvinder har ikke adgang til hverken træningen eller de officielle lege, der finder sted hvert fjerde år. Jeg er god til at løbe og selvtilliden fejler ikke noget. Jeg er kun utålmodig efter at komme i gang og vise, hvad jeg dur til. Vi er unge, frie mænd, ikke slaver eller bundet på lignende vis.

Senere på dagen befinder jeg mig i et tempel, hvis tag hviler på store søjler. Det er det største tempel i området. Det er køligt og jeg nyder denne kølighed efter de varme timer på træningsbanen. Jeg holder af stilheden og den følelse af fred, som jeg altid har her på stedet. Jeg giver ikke kæmpestatuen i rummet skylden for disse følelser. For mig er den et symbol på magt og velstand mere end noget andet.

Så er det helt anderledes i templet for Hera, som jeg altid besøger, før jeg forlader stedet. Her fornemmer jeg selve planeten; ikke kun som en fysisk genstand, men som et væsen, en bevidsthed. Det er som en grundresonans, hvorpå alting er bygget. Her føler jeg en fred i sindet, som om sindet og tankerne ikke har betydning her. Her er jeg altid opmærksom på mit åndedræt og min puls, og her mærker jeg mit hjerte banke. Her fornemmer jeg ikke Hera som en repræsentation for planeten, men som en modvægt til denne. Man kan kalde det luft eller ånd. Jeg fornemmer heller ikke, at Hera er det oprindelige navn, men det er uden betydning. Det er her i templet, hvor følelsen af frihed og glæde er stærkest. Det er en følelse af en forbindelse til noget, jeg må kalde 'hjem', uden at jeg dog kan definere det yderligere. Jeg må til stadighed stille mig spørgsmålet: "Hvis 'hjem' ikke er planeten, hvor er det så?"

Dødslejren

Jeg fornemmer den samme energi som ved mit møde med Azuru Timu, men omgivelserne, som jeg befinder mig i, er helt anderledes.

1944. Fire tegn står foran mig. Først ved jeg ikke, hvad de betyder, men fornemmer så, at det er tal. Et tal for et år. Tværsum 9. En afslutning. I et glimt ser jeg Yeshua med en oval svævende over hovedet. Så toner Yeshua bort og ovalen står alene, drejer sig og bliver en cirkel. En cirkulær afgrænsning uden noget indeni. År nul. Altså 1944 efter Yeshua. Cirklen skifter nu flere gange form mellem cirkel og oval, som om den er i tvivl om dens egen værdi. Cirklen forsvinder.

Jeg føler mig meget dårlig. Jeg har kvalme og er tæt på at kaste op. Jeg føler stor sorg og græder. Der er en tæt tåge omkring mig. Det eneste jeg ser, er tågens grå slør. Så letter tågen en smule og jeg føler en kulde trænger ind i hver fiber i min krop. Mine støvler strammer og jeg kikker ned mod mine fødder, der er kolde som is. Støvlerne er sorte og mine bukser er grå. Åh, jeg er en soldat og er iført en grå uniform. Wehrmacht? Hvad betyder det?

Jeg har den ene hånd strakt op mod himlen. Jeg ser op. Jeg ser skyggen af min kasket og videre op. Et nøgent spædbarn, beskidt og dødt, hænger ned fra min behandskede hånd. Jeg prøver med alt min viljekraft at lukke mine øjne, men jeg kan ikke. En ubærlig sorg kommer over mig. Det er os, mig og mit folk, der har gjort dette. Jeg føler afmagt og ulidelig skam og ønsker blot at glide bort i glemsel;

at dø ude i intetheden, hvor intet sanses og alt er mørkt. Jeg ønsker blot at blive til intet.

Barnet bliver en ubærlig byrde og jeg sænker armen. Tågen er lettet yderligere, og jeg ser nu, at jeg står nede i en massegrav med tusindvis af nøgne lig af mennesker i alle aldre og af begge køn. Jeg føler mig total afkræftet og barneliget glider ud af min behandskede hånd, det rammer min støvle og triller ned over et par lig, hvorefter det falder til hvile mellem en kvindes ben, som prøver det at forlade denne verden og komme tilbage, hvorfra det var kommet.

Tågen lukker sig igen omkring mig. Yeshua toner frem, men over hans hoved svæver denne gang en gul stjerne lavet af to overliggende trekanter. Den ser ud til at være lavet af stof. Jeg hører ordet "Jude" spyttet ud i foragt. AZURU TIMU! Den samme energi.

Yeshua og stjernen toner bort; det bliver mørkt omkring mig og et tal kommer til syne. 1945. Tværsummen er 1 tænker jeg; en begyndelse. Jeg fornemmer håb, men samtidig fornemmer jeg også, at dette liv snart er forbi og at jeg ikke kommer til at opleve år 1945 efter Yeshua.

Nu forstår jeg, at Yeshua har gjort så stort et indtryk i massebevidstheden, at man regner en ny æra ud fra hans fødselsår.

Trådene samles

Yadars slutkommentar

Den bog, du nu læser, er skrevet af manden med trådene, som er nævnt i kapitlerne, 'Azuru Timu' og 'Drengen med masken'. En tilsvarende bog er skrevet i min tid i Alt, hvor jeg er kommet op i årene og bruger al min tid på at arbejde med dimensionsforskydning. Vi skal have al vores følsomme forskning flyttet bort fra massebevidstheden. Jeg har helt opgivet at arbejde med at genskabe et tvekønnet væsen, men der er stadig folk, der arbejder med dette.

Dimensioner og bevidsthed

Noget af den forskning, der foregik i Atlantis omkring dimensionsforskydning og som Yadar taler om, forårsager problemer i det, nogen kalder Bermudatrekanten, så det har altså ikke noget at gøre med rumvæsner. Ting forsvinder fra vores dimension, som templerne i Tian forsvandt fra Azuru Timu.

Man kan i virkeligheden ikke dele verden op i dimensioner. Verden er bygget op af energi, der svinger ved forskellige frekvenser og kommunikerer, hvordan den skal opfattes. Den almindelige menneskelige bevidsthed kan sanse indenfor et begrænset resonansområde eller bevidsthedsfelt. Du kan sammenligne det med synligt lys kontra ultraviolet lys og infrarødt lys, der befinder sig udenfor øjets følsomhedsområde. Det drejer sig altså om at kunne forskyde frekvensen i den energi, som ting er opbygget af, men samtidig beholde tingenes struktur. Samtidigt skal menneskets bevidsthed forskydes tilsvarende, for at det kan se og agere med tingene og sin egen krop. Et er at kunne manipulere med energi, noget ganske andet er at arbejde med bevidsthed.

Så kommer vi til trådene, der samles i forhold til den sjæl, der har lagt bevidsthed og visdom til denne historie. Du kan se tråde som menneskeliv, tråde i hvert liv som livsbegivenheder, tråde i hvert liv som delpersonligheder, hvor de mørke er nævnt i kapitlet 'Spejlet i mørkets forgård', alle disse milliarder af milliarder af fragmenter samles til én suppe af visdom, der er tilgængelig som bevidsthed. Tro er kun noget, man tror på, en overbevisning, mens ægte visdom, modsat klogskab, er en vished, altså vis-hed, dog uden at det skal forveksles med viden. Tilgangen til den nævnte visdom foregår udenom hjernen, da det som nævnt er bevidsthed. Hjernen håndterer ikke bevidsthed, men hjernen agerer som en blændeåbning, som i et kamera, der lader bevidsthed flyde ud og ind i dit liv.

Du kan opleve andre vinkler på begreber som bevidsthed, energi, tid samt mange andre ting i serien, *The Adventures of Luzi Cane*. (skrevet under pennavnet, *Eriqa Queen*). Serien er skrevet på engelsk, da det er betydelig nemmere at få 'ting' igennem via det engelske sprog. Jeg må indrømme, at jeg ofte har fået 'ting' til denne bog igennem på engelsk og så har jeg måttet oversætte det til dansk. Det er en noget bøvlet måde at arbejde på og derfor valgte jeg at skrive den nævnte serie på engelsk.

SLUT

Jeg håber du har nydt godt af bogen og vil bede dig om at tage et øjeblik og lave en anmeldelse på din foretrukne forhandlerhjemmeside eller sende den til mig.

På forhånd tak, Erik Istrup.

Der er lidt mere læsestof på de næste sider.

Appendiks

Atlantis, myte eller virkelighed?

Myten om Atlantis er naturligvis en myte. En meget vedholdende myte, netop fordi de virkelige hændelser bag myten ligger så dybt i vores bevidsthed, at vi ikke kan slippe den, før disse hændelser er blevet forløst.

Navnet Atlantis har altid skabt associationer til dommedagsscenarier. De følelser og oplevelser, der opstår omkring dommedagstemaet er i vid udstrækning magen til de følelser og oplevelser der eksisterede de sidste 4-500 år før den sidste herskers fald. Jeg skriver herskers fald og ikke Atlantis' fald, da det var herskerens død, der afsluttede æraen. På grund af de grusomheder, der var foregået, ønskede ingen at bibeholde mindet om den tid.

Der findes en legende, en myte, i mange varianter, og så findes der de begivenheder, der gennem overleveringer, gendigtninger, optagelse af andre mytologiske og fantasibaserede historier, som ligger til grund for denne. Synske mennesker har også søgt svar i det astrale omkring Atlantis og har som regel bragt forvanskede billeder med tilbage, primært grundet deres egne filtre og tolkninger af det de har 'set'.

Hvad der giver yderligere anledning til forvirring er, at en del af Atlantis faktisk befandt sig i astralområdet mellem tredje og fjerde dimension. Det er det, vi i dag vil kalde præsteskabet, der dog også drev videnskab, der arbejdede på at forfine dette arbejde og gøre nye opdagelser i den retning. På sin vis var det deres viden, der trak pinen ud. Havde de ikke arbejdet med dette, ville herskeren ikke have kunnet tiltvinge sig denne viden og dermed forlænge sit liv og derved også undertrykkelsen af folket.

Riget kollapsede, som alle riger gør. I dette tilfælde på grund af en perverteret tyran, der ønskede evigt liv. Det samme tema der går igen i utallige historier.

Atlantisæraen opstod som en flydende overgang med udspring fra lemurieæraen. Atlantistiden var altså ikke en direkte efterfølger for lemurietiden, men var en gren, der udsprang fra denne, og de to kulturer havde i lang tid et parallelt forløb, indtil Lemurien langsomt gik i opløsning som "rige" og størstedelen sank i havet med Hawaii som rest. Her opstår historien om riget, der synker i havet. På et tidspunkt var der krig mellem de to fraktioner, hvilket fremskyndede at Lemurien forsvandt.

Landet Alt var egentlig bare en løs sammenslutning af fire til fem områder med hvert sit råd uden en overordnet styring. Befolkningerne kom fra riget Mu, det, som nu kendes som Lemurien, der var placeret i Stillehavsområdet. De folk, der slog sig ned i det atlantiske område, var dem med størst oplevelsestrang, både hvad angår udforskning af nye landområder og hvad vi i dag vil kalde videnskab og skabertrang.

I starten kendte Alt-folket de store svar og Universets dynamik, men i deres iver efter selv at opleve, udforske og skabe, gled kendskabet til den oprindelige skaberkraft i baggrunden. Det blev til en meget fysisk skabelsesproces.

På et tidspunkt, naturligvis med glidende overgang, forsøgte man at finde livsgnisten i alt levende. Der blev gjort mange opdagelser, men til sidst løber det ud i et ønske om at gøre kroppen mere ens og med nogenlunde samme hjernekapacitet og der blev til sidst lagt blokeringer ind i hjernen, der stadig nedarves, generation efter generation.

Beskrivelsen af, at Atlantis sank i havet, er levn fra dengang, da størstedelen af Lemurien sank i havet. Øgruppen Hawaii er resterne af Lemurien og som vi ved, er øerne skabt af vulkansk aktivitet. Når en vulkan kollapser, kan det ske meget hurtigt. En stor del af befolkningen nåede at flygte, men kun få nåede at finde steder at slå sig ned. Lemurien sank i havet længe efter, at Atlantis var blevet grundlagt.

Tallenes betydning

0 – Jeg Er, individuel sjæl.

1 – Begyndelse og fornyelse.

2 – Dualitet.

3 – Katalysator. Den kraft, der giver mig adgang til muligheder ud fra mine øjeblikkelige forudsætninger. Også tallet for at vælge. Kæder sammen med 5.

4 – Balance, planeten Jorden.

5 – Forandring og bevægelse.

6 – Harmoni. Balance uden dualitet.

7 – Det skabende aspekt i Universet.

8 – Alt hvad jeg har oplevet, min visdom fra alle liv.

9 – Fuldendelse, færdiggørelse. Kæder sammen med 1.

11 – Oplysning, at kunne se. Du sætter spørgsmål ved verdens orden og føler, at der er mere til livet end det. Du ser dig søgende om efter mere.

22 – Du er bevidst om, at du er bevidst(hed).

33 – Den gamle mesterenergi. Opstigning, sjælen forlader kroppen.

44 – Den nye mesterenergi. Sjælen forbliver i kroppen.

Lev livet enkelt

Yadar lærer meget om det at være menneske, og om, hvordan vi bliver forført af massebevidstheden og vores følelser og forestillinger. I min bog *"Lev livet enkelt"* beskriver jeg nogle af disse forhold, samt præsenterer værktøjer til at leve et mere bevidst liv, der ikke er fyldt med drama og det at være i følelsernes vold.

Du lærer, hvordan du bliver den, der styrer dit liv ved at blive bevidst om livets natur, og derved komme nærmere til begrebet fri vilje. Hovedparten af mennesker bruger kun den "frie vilje" til at vælge, hvilken farve blusen skal have og så reagerer de resten af tiden.

Hovedpersonen, Yadar

Efter at have følt ind til, hvilket navn bogens hovedperson skulle have, nemlig Yadar, søger jeg oplysninger om navnet på Internettet. Jeg finder ud af, at det er brugt som et kvindenavn, og jeg finder også en beskrivelse af, hvilke egenskaber der knytter sig til navnet. Det viser sig faktisk, at personligheden for den hovedperson, som jeg har skabt, passer meget godt med beskrivelsen.

Navnet Yadar har skabt en sympatisk natur med ønsket om at knytte venskab og forståelse både socialt og i erhvervslivet.

Det fredelige og afvæbnende appellerer til dig, og du ønsker naturligvis at have sikkerhed i et hjem, hvor dit liv kan følge et bestemt mønster, og hvor du ikke skal træffe store beslutninger.

Du har svært ved at tage konkret stilling, dels fordi du mangler selvtillid, dels fordi du ikke kan lide spørgsmål som at skabe splid mellem mennesker.

Smøleri er en svaghed i din natur, der forhindrer dig i at fuldføre dine planer eller koncentrere dig i lang tid.

Selv om navnet Yadar skaber trang til at forstå andre, skal det fremhæves, at det begrænser dit syn og vender dig ofte mod tekniske detaljer.

Dette navn, når det kombineres med et efternavn, kan forvirre lykke, tilfredshed og succes, samt forårsage sundhedsmæssige svagheder i væske- og affaldssystemet.

Var det valget af navnet, der skabte personen, Yadar, eller var det den person, som jeg havde forestillet mig, der foranledigede mig til at vælge navnet, Yadar? Jeg valgte navnet meget tidligt i forløbet, men hovedpersonen var trods alt, i en vis forstand, allerede skabt.

Om forfatteren

Jeg er født i 1961 i Lemvig. Jeg så min første UFO da jeg gik i 8. klasse, midt på dagen, i et frikvarter.

Jeg startede tidligt med at skrive, men det var først, da jeg så muligheden for selv at udgive bøger, at jeg for alvor gik i gang.

Jeg er uddannet teknisk tegner, teknisk assistent og elektroniktekniker i Sønderborg, har afsluttet mit seneste arbejde som tekniker i 2005 og bliver færdig med en bachelor i pædagogik i Åbenrå i januar 2010.

I 2003 starter jeg på healeruddannelsen i Åbenrå, mest efter arbejdstid, og afslutter trin 1 i 2005, hvilket var et af de større skridt mod en mere metafysisk tilgang til livet. I den periode får jeg kontakt med flere personer, der er medier for ikke fysiske skabninger, hvilket giver mig yderligere indsigt. Efterhånden får jeg mere tiltro til mine egne evner og kan efterhånden føle ind til informationer der kan gavne mig i hverdagen.

I 2011 tager jeg til Grønland og starter på mit første arbejde som pædagog, hvor jeg arbejder med mennesker med autisme spektrum forstyrrelser indtil oktober 2017. Jeg tager tilbage til Danmark og har efterhånden startet op, så jeg udelukkende arbejder som forfatter og udgiver.

Erik Istrup, Danmark, december 2018